雅众
elegance

智性阅读
诗意创造

永存我的话语
曼德尔施塔姆沃罗涅日诗集
Воронежские тетради

[俄]奥西普·曼德尔施塔姆 著
王家新 译

雅众文化 出品

请永远保存我的词语,为它们不幸和冒烟的余味,它们相互折磨的焦油,作品诚实的焦油。

——《给安娜·阿赫玛托娃》

奥西普·曼德尔施塔姆
1931 年 5 月 3 日

目 录

译者序　　001

沃罗涅日笔记本（一）

033　你瘦弱的双肩……
034　我住在被俯瞰的后花园里
035　黑色大地
037　我的耳机，我的小告密者
038　我不得不活着
039　沃罗涅日
040　这是一条什么街？
041　我躺在大地深处
042　卡马河
044　你们夺去了……
045　理发店的孩子们
046　诗　章
051　罗马之夜
052　日子有五个头

054 甚至鱼也可以找到办法说话
056 能否赞美一个死去的女人？
058 圣以撒像是死者眼睫上的冰锥
059 小提琴手
061 波浪接着波浪
062 我将表演冒烟的仪式
063 我将不向大地归还……

沃罗涅日笔记本（二）

067 萨德柯
068 微笑的诞生
069 我对这世界还有一点惊奇
070 我的金翅雀
071 孩子气的嘴喙啄着谷壳
072 当金翅雀在空气的甜食中
073 造军械的师傅

074 我在世纪的心脏

075 这个地区浸在黑水里

078 满满一吊桶的风暴

079 是他们,不是你,也不是我

080 我拿今天毫无办法

081 偶 像

083 从一所房子、一所真正的房子窗口

084 扎东斯克

086 竖琴和中提琴的家庭和声

087 这个冬天触及我

088 猫

090 他的瞳孔

091 在拉斐尔的画面上

092 当巫师吹送耳语

093 死去的诗人有一个环

094 像是阴柔的银子在燃烧

095 亲爱的世界酵母

097 小魔鬼

099 人头的一个个土垛……
100 你还活着
101 我独自凝视霜寒的面容
102 哦，这缓慢的、令人气绝的广阔空间
103 我们拿这吞食一切的旷野怎么办
104 不要比较：活着的人不可比拟
106 如今我被织进光的蛛网
107 仿佛一块石头从天外陨落
108 我爱这霜寒的呼吸
109 我拿自己怎么办，在这一月里？
111 哪里是被捆绑、被钉住的悲吟？
112 听着，听着最初的冰块
114 就像伦勃朗，光和影的殉难者
115 环形的海湾敞开
116 我唱，当我的喉咙湿润而灵魂干燥
117 在人们的喧嚣和骚动中
120 我的睡梦守护着顿河的梦想
122 被细黄蜂的视力武装

123 曾经，眼睛……
124 他仍旧记得我的破烂鞋子
125 就像木头和铜一样
126 我被葬入狮子的窟穴和堡垒

沃罗涅日笔记本（三）

131 布满雪橇辙痕的小城
133 求求你，法兰西，你的金银花和大地
135 关于无名士兵的诗（组诗）
145 我看见一个垂直站立的湖
146 我将在草稿中嘀嘀咕咕
147 最后晚餐的天空……
148 怎么办，我在天国里迷了路（一）
150 怎么办，我在天国里迷了路（二）
152 如果我们的敌人带走我
154 罗　马

157	也许这就是疯狂的起点
159	深蓝的岛屿,欢乐的克里特
161	涅瑞伊得斯,我的涅瑞伊得斯
162	那个风和雨水的朋友
164	大酒罐
165	哦,我多么希望
167	希腊长笛
170	穿过基辅,穿过魔鬼街道
171	黏性枝叶的绿色诺言……
172	幼芽粘上了黏糊糊的诺言
175	梨花和樱桃花对准了我
176	给娜塔雅·施坦碧尔

附 录

181　回忆曼德尔施塔姆 / [俄]安娜·阿赫玛托娃

198　致曼德尔施塔姆夫妇书信两封 / [俄]安娜·阿赫玛托娃

201　沃罗涅日的乌鸦和刀 / [俄]维克托·克里武林

223　给曼德尔施塔姆的最后一封信 / [俄]娜杰日达·曼德尔施塔姆

226　曼德尔施塔姆在沃罗涅日 / [俄]娜塔雅·施坦碧尔

259　曼德尔施塔姆诗歌译后记 / [德]保罗·策兰

262　辨认曼德尔施塔姆——《沃罗涅日诗集》译者前言及后记 / [英]理查德·麦凯恩

译者序

"请永远保存我的词语"
——关于曼德尔施塔姆及其沃罗涅日诗篇

"你接住自己抛出的东西,这算不上本领,只有当你一伸手接住了永恒之神向你抛来的,这才算得上一种本领,而且这不是你的本领,乃是整个世界的力量。"

这是很多年前,我从伽达默尔的《真理与方法》中读到的里尔克的一首诗(大意)。当我编译完毕曼德尔施塔姆留给我们的珍贵遗产《沃罗涅日诗集》,我又想到了它。我走下楼,寒冬过后的望京居民区,一条人工河的粼粼黑水,岸边杂树的第一抹新绿。我似乎走在一种光辉的诗歌所带来的辽阔幅度和启示里。我又感到了空气中的那种力量,它从莫斯科跳跃到沃罗涅日,而此刻它跳跃在我们的汉语里。是的,一切,包括那个仍在荒芜的大地上前行的"娜塔雅"[1]("那激励她的残疾，痉挛的自由"[2])，都在迎接春天的来临。

"沃罗涅日是个奇迹，而把我们带到那里也是个奇迹。"诗人的遗孀在回顾时曾如是说。一个承受着厄运的诗人，但他竟把命运的诅咒变成了祝福。在一个严酷的年代，他的沃罗涅日创造了一个诗歌幸存的神话。除了古罗马流亡诗人奥维德的《哀歌集》《黑海书简》外，在世界诗歌史上还鲜有如此突出、特异的例证。这三册《沃罗涅日笔记本》，近百首相互映照的诗篇，为我们全面呈现了一个"我躺在大地深处，嘴唇还在蠕动"的诗人形象和一种"恐惧与缪斯轮流值守"的诗歌命运，也将诗人生命最后令人惊异的迸发和创作上的演变展现出来。这些不朽的诗作，将诗人一生的创作推向一个巅峰，也从此使沃罗涅日成为俄罗斯和世界文学地图上一个闪耀的标志。

让我们回到二十世纪三十年代的沃罗涅日，回到那条诗人所戏谑的"曼德尔施塔姆大街"("或者干脆说，

---

[1] 娜塔雅·叶夫根涅夫娜·施坦碧尔（Natalya Evgenevna Shtempel，1908—1988），贵族出身，1935年到1971年期间，在沃罗涅日航空技术学院当俄语和文学老师。她是曼德尔施塔姆在沃罗涅日时期的最亲密的朋友之一，保存了诗人1935年到1937年期间的大量诗稿。
[2] 《给娜塔雅·施坦碧尔》，见《沃罗涅日笔记本》第三册。

这条排水沟"[1])一带。这个"位于俄罗斯帝国行省腹地"的沃罗涅日州首府,坐落在沃罗涅日河与顿河交汇处附近的平原上,远处是乌拉尔的山脉,与首都莫斯科相距445公里,是除了莫斯科、圣彼得堡等十二座城市(十二体系)之外,流放犯们可以选择去往的地方。

而这是曼德尔施塔姆自己的选择——在他抵达第一个被指定的流放地切尔登之后(在那里诗人只待了一个月并试图自杀)。为什么这样选择?难道是因为它靠近诗人所怀念的克里米亚半岛、靠近黑海——奥维德当年被流放的黑海北岸?很有可能。还在1914年,曼德尔施塔姆就写有这样的诗:

> 而奥维德,怀着衰竭的爱,
> 带来了罗马和雪,
> 四轮牛车的嘶哑歌唱
> 升起在野蛮人的队列中。

这样的诗,不仅表现了诗人的"奥维德情结",也令人惊异地预示了他自己后来的命运。奥维德客死异乡,成了俄罗斯诗人的精神创伤。早在曼德尔施塔姆之前,普希金就写有《致奥维德》一诗:"奥维德,我住

---

[1] 《这是一条什么街?》,见《沃罗涅日笔记本》第一册。

在这平静的海岸附近，/ 是在这儿，你将流放的祖先的神/带来安置，并且留下了自己的灰烬……"（穆旦译文）

也许正因为如此，彼得堡诗人克里武林说："或可说，正是基于几乎准确无误的历史意识，曼德尔施塔姆在俄罗斯地图上选择了至关重要也是命中注定的地点。"（维克托·克里武林《沃罗涅日的乌鸦和刀》[1]）

而为什么会选择沃罗涅日，克里武林还认为诗人大概从"沃罗涅日"（Voronezh）这个地名中听到了"强盗的"（vorovskoy）、"窃取的"（uvorovannyi），以及"做贼的乌鸦"（voron）、"窃贼的刀子"（nozh）等词的回声，而诗人"在由可怕的双关意象构成的刀锋间寻求平衡，冒险闯进了与恶毒的命运之鸟周旋的文字游戏"：

> 放开我，还给我，沃罗涅日；
> 你将滴下我或失去我，
> 你将使我跌落，或归还给我。
> 沃罗涅日，你这怪念头，沃罗涅日——乌鸦和刀。

这是在"写诗"吗？这是直接卷入了与命运的搏斗，而在这个过程中，诗人与他的诗歌语言—— 一种幽灵

---

[1] 见附录。

般的语言——也建立了更为密切的关系。他也完全被它攫住了：抓住，放还，甚至高高地叼起，跌落……

这种癫狂似的创作状态，让同样流放到此地的年轻诗人鲁达科夫[1]也为之惊异，他在日记里写道："曼德尔施塔姆疯了一样地工作。我从未见类似的情况——我看见的是一台为诗歌运转的机器（或者说生物更为恰当）。别的人都不存在了，只剩下米开朗琪罗。他什么都看不见，什么也记不住。他四处踱步，口中喃喃有词：'绿夜的黑色蕨类'……"（维克托·克里武林《沃罗涅日的乌鸦和刀》）

正因为沃罗涅日迎来的是这样一位诗人，在这三年期间，正如娜塔雅在回忆录的最后所说："这座城市没有为诗人成为'乌鸦'或者'刀'，它还给了他。为了新的痛苦和死亡而还给了他。"（娜塔雅·施坦碧尔《曼德尔施塔姆在沃罗涅日》[2]）

首先，在这里，"曼德尔施塔姆生平第一次与俄国的深厚迎面相遇"（维克托·克里武林语），新的风

---

[1] 塞尔吉·鲁达科夫（Sergei Rudakov，1909—1944），列宁格勒诗人，流放到沃罗涅日后与曼德尔施塔姆相识，他经常和曼德尔施塔姆在一起，"无意间充当了曼德尔施塔姆身边的埃克曼"（埃克曼，歌德的文字秘书）。鲁达科夫准备写曼德尔施塔姆作品的评论，虽然在曼德尔施塔姆夫妇看来他有一点狂妄，但最终还是相信他，给了许多手稿供他研究。1936年7月，鲁达科夫结束流放返回列宁格勒，1944年死于战争。
[2] 见附录。

景、生命气息和诗性元素也出现在了他的诗中。沃罗涅日州属于中央联邦区,是中央黑土地带面积最大的一个州。沃罗涅日周边的黑土地,不仅让这位彼得堡诗人有了一个"继母平原",也让他进入了"金翅雀的故乡"。他的新古典主义时期的"燕子"也变成了这样一只更真实、也更神异的鸟。流放的日子无疑是很艰难的,孤独、贫困、疾病、监控等,"尽管如此,沃罗涅日的喘息期仍是一种前所未有的幸福",诗人的遗孀如是写道。沃罗涅日曾是彼得大帝时期的边境,诗人在这里"感觉到了边界地区的自由气息",他在这里最初写下的杰作中就有一首《黑色大地》。"诗歌是犁铧,它翻开时间,以使它的深层、它的黑土翻露出来"(曼德尔施塔姆《词与文化》,1921),他早年的这种说法,现在变为真实的劳作了。

从这个意义上,应该感谢流放的命运,感谢"克里姆林宫的那个山民",使"俄罗斯的奥维德"不仅在沃罗涅日得以喘息和恢复,还在创作上有了一个新的开始。对此,曼德尔施塔姆自己也曾很兴奋地对鲁达科夫说他"一生都被迫写那些'准备好了的'东西",但沃罗涅日"第一次带给了他打开的新奇和直接性"。

的确,沃罗涅日带给了诗人某种程度上艺术的新生。他在这里创作的诗,不仅更直接、新奇,也更富有淤积的生命之气,充满了词的跳跃性和句法上的突变。

诗人在沃罗涅日"安顿"下来后所写的《卡马河》和《日子有五个头》，回顾了头年他和妻子的流放之旅："河水激撞着一百零四支船桨"，而诗人"紧拽着一片窗帘布，一个着火的头颅"（《卡马河》），"啊请给我一寸海的蓝色，为恰好能穿过针眼"（《日子有五个头》），在奔赴命运的途中，一种幽灵般的感受力被召唤出来，诗人的书写到了下笔如有神的程度。"日子有五个头"，而这样的一位诗人也注定会置之死地而后生。

用策兰的一个说法，诗人通过"换气"又重新获得了呼吸。1936 年 2 月，阿赫玛托娃前往沃罗涅日探望曼德尔施塔姆夫妇，她后来这样回忆："这真是令人震动，正是在沃罗涅日，在他失去自由的那些日子，从曼德尔施塔姆的诗中却透出了空间、广度和一种更深沉的呼吸：'当我重新呼吸，你可以在我的声音里 / 听出大地，我的最后的武器……'"[1]

正是与大地、苦难和死亡的深切接触，使诗人拥有了他的"最后的武器"。而随着经验的沉淀和深化，诗人在这片黑土地上的"耕耘"，也愈来愈令人惊异了：

这个地区浸在黑水里——
泥泞的庄稼，风暴的吊桶，

---

[1] 见附录《回忆曼德尔施塔姆》，阿赫玛托娃所引诗句见《沃罗涅日笔记本》第一册中《诗章》。

这不是规规矩矩的农民的土地,
却是一个海洋的核心。

　　　　　　——《这个地区浸在黑水里》
　　　　　　　　　　（1936年12月）

这真是命运的神奇造就,使他练就了一身绝技,得以从这片翻起的黑土地进入"一个海洋的核心"去劳作。即使从诗艺的角度来看,《沃罗涅日诗集》的大部分篇章,其感受力和想象力之孤绝、心智之诡异、语言之新奇独到,都令人惊叹。

曼德尔施塔姆在沃罗涅日的日子,曾被阿赫玛托娃准确地概括为"恐惧与缪斯轮流值守"(见阿赫玛托娃《沃罗涅日》一诗,1936)。既有创作的兴奋、大自然的抚慰、亲友的陪伴,也有无望的挣扎和焦虑的等待。《你还活着》这首诗,在表面的愉悦和平静之下,仍暗藏着挥之不去的阴影:"而那个活在阴影中的人很不幸,／被狗吠惊吓,被大风收割……"这不只是诗歌修辞。在1937年4月的一封信中,诗人就这样写道:"我只是个影子。我不存在。我仅有死的权利。我的妻子和我都被逼得要自杀。"

但是,真正让一个诗人不朽的,却是那与死亡的抗争,那种灾难中的语言迸发和闪耀:

你们夺去了我的海我的飞跃和天空,
而只使我的脚跟勉力撑持在暴力的大地上。
从那里你们可得出一个辉煌的计算?
你们无法夺去我双唇间的咕哝。

——《你们夺去了……》

（1935年5月）

这样的诗,不仅是一个几乎被碾进灰烬里的人才可以写出的诗,那种以诗的声音来对抗历史暴力的信仰般的力量也令人动容。这样的诗,让我们想起了奥维德的《哀歌集》(Tristia)中的诗句:"每一样东西都可以从我这里夺走/只有我的天赋与我不可分离。"

有的研究者指出,该诗中的"脚步"（在该诗中中译为"脚跟"）"计算"同时还包含了创作格律诗"音步"的深层隐喻。如果这样来读,这首诗就更耐人寻味了,因为这为我们揭示了深植在诗人创作中的生命诗学及其尺度。在1911年,曼德尔施塔姆就有这样一首致阿赫玛托娃的小诗:

你像个小矮人一样想要受气,
但是你的春天突然到来。
没有人会走出加农炮的射程之外,
除非他手里拿着一卷诗。

诗人的生命和诗歌信仰——它建立在与历史的生死较量上——就这样前后贯穿。我想,正因为有曼德尔施塔姆、阿赫玛托娃这样的先驱,布罗茨基后来这样骄傲地宣称:"语言比国家更古老,格律学总是比历史更耐久。"[1]

也正因为如此,这样一位诗人的命运不能不是悲剧性的,或可说,正因为他手里"拿着一卷诗",他处在了"加农炮"的射程之内。这位"最高意义上的形式主义者"(布罗茨基语),不幸生在了一个历史的大灾变和恐怖的年代。即使不是如此,像他这样的在个性和美学上都十分孤绝的诗人,也注定了会是一个"时代的孤儿"(布罗茨基语)。

关于曼德尔施塔姆的一生,已有很多研究,让我们记住布罗茨基的描述:这是一个"为了文明和属于文明"的诗人,这体现在他"新古典主义"时期那"俄国版本的希腊崇拜"中。但在后来,"罗马的主题逐渐取代了希腊和圣经的参照,主要因为诗人越来越陷于'诗人与帝国对立'(a poet versus an empire)那样的原型困境"[2]。说这是"原型困境",因为它源自奥维德、但丁、

---

[1] 约瑟夫·布罗茨基:《哀哭的缪斯》,《小于一》,法拉、施特劳斯和吉鲁科斯出版社,1987。
[2] 约瑟夫·布罗茨基:《文明之子》,《小于一》,法拉、施特劳斯和吉鲁科斯出版社,1987。

彼特拉克，也源自普希金、莱蒙托夫。而二十世纪的俄国历史，再一次选中了曼德尔施塔姆来担当这一诗人的命运——因为他对自己的忠实，因为他拒绝"圆柱旁的座位"而选择了去做"游牧人"，因为正如娜杰日达所说："在对待遂顺的态度中……奥·曼更接近茨维塔耶娃而非帕斯捷尔纳克[1]，但在茨维塔耶娃那里，这一弃绝具有某种更为抽象的特征。在奥·曼这里，其冲突对象是特定的时代，他相当精确地确定了时代的特征以及他自己与时代的关系。"[2]

1934年5月2日，曼德尔施塔姆因为他头年11月写的一首诗《我们活着，却无法感到脚下的土地》被带走。帕斯捷尔纳克很不理解曼德尔施塔姆为什么这样冲动，视之为"文学自杀"，虽然他和阿赫玛托娃都曾尽力去营救。不管怎样看，曼德尔施塔姆写这首诗并对一些人朗诵，不是一时的冲动，到了二十世纪三十年代，诗人与时代的冲突已到了难以抑制的程度。正因为如此，诗人的遗孀会这样说："此诗是一个行动，一种作为，在我看来，它是奥·曼整个生活和工作的逻辑结果。"[3]

---

[1] 鲍里斯·列奥尼多维奇·帕斯捷尔纳克（Boris Leonidovich Pasternak，1890—1960），作家、诗人、翻译家。
[2] 娜杰日达·曼德施塔姆：《曼德施塔姆夫人回忆录》，刘文飞译，广西师范大学出版社，2013。
[3] 娜杰日达·曼德施塔姆：《曼德施塔姆夫人回忆录》，刘文飞译，广西师范大学出版社，2013。

几乎是陀思妥耶夫斯基命运的一种重演,曼德尔施塔姆等待的那把利斧没有落下来,而是被判决流放到切尔登三年("我们加快了或许也减轻了事情的结果",见阿赫玛托娃的回忆)。

对于曼德尔施塔姆的诗,策兰有着深刻的洞察力:"这些诗歌最深刻的标志,是其深奥和它们与时间达成的悲剧性协议。"(《曼德尔施塔姆诗歌译后记》)虽然这是指策兰那时能看到的曼德尔施塔姆早中期的诗,但对沃罗涅日诗集也有效,甚至更有效。在沃罗涅日期间,诗人在创作上的努力之一,就是试图调整他对现实的态度,他希望自己"作为一个个体农民走向集体农庄",并痛苦地意识到自己要活下去就得"布尔什维克化"(见《诗章》)。在那种绝境下,为了自救,他甚至强迫自己写一首颂歌给那个自己曾讽刺的人。但是,"由于不善模仿,他失败了"。诗人曾想毁掉这首《斯大林颂》(他后来也曾对阿赫玛托娃说"它是一种病"),但被他的妻子保留了下来。以下是这首颂歌中的一节:

> 人头的一个个土垛已远远消隐,
> 我被缩小在这儿,不再被注意,
> 但是在爱意的书里,在孩子们的游戏中,
> 我将从死者中爬起并说:看,太阳!

"人头的一个个土垛",这是怎样的意象和隐喻!诗最后的"太阳",是指向诗人本来想赞颂的那个人吗?我们细心去读吧。它也完全可以从那首长诗中剥离出来当作单独的一首诗保留(实际上也正是如此,见《沃罗涅日笔记本》第二册)。

在沃罗涅日诗集中,还有好几首诗(如《在人们的喧嚣和骚动中》等),显示了诗人要"跟上时代步伐"的努力,但这不如说显示了诗人对历史必然性的深刻洞见。对此可参照诗人的《不,我不是任何人的同时代人》(1924)和中篇小说《埃及邮票》中的描述:"除了我自己,我还想说些别的,紧跟时代、时代的喧嚣和发展……革命有它自己的生与死,但它不能容忍人民琐碎的生与死。它的喉咙干渴,却不会接受局外人手中的任何一滴水分。"

所以,即使是这样的诗,也和那个时代的主旋律诗歌深刻有别。它实际上也是给那个时代出的一道美学难题,雷菲尔德就谈到了这一点:"像勃洛克的《十二个》所遭遇的一样,这些诗同时被左派及右派所误解和谴责:左派无法容忍那种挽歌式的调子,而右派不能分享其中悲剧必然性的感觉。"(唐纳德·雷菲尔德《曼德尔施塔姆的生平和创作》[1])

---

[1] 唐纳德·雷菲尔德:《曼德尔施塔姆的生平和创作》,《我的世纪,我的野兽:曼德尔施塔姆诗选》,王家新译,花城出版社,2016。

正因为如此,"从死者中爬起"的诗人是一个真实的诗人,是一个有着自身独立性的不可简化的诗人。据研究资料,对于《是他们,不是你,也不是我》(1936)中的"他们",娜杰日达曾问"是指人民吗?",曼德尔施塔姆回答说这样看太简单。曼德尔施塔姆的一个观点是:诗人不是"现成意义的零售商"。他永远在坚持这一点,他的沃罗涅日诗篇的深奥性和丰富性也远远超出了人们的想象。维克托·克里武林就指出:一些人只是将曼德尔施塔姆视为遭受恐怖迫害的诗人,"但是对这些诗歌的阅读,会对这个神话的排他性构成挑战"。

据批评资料,在现今的俄罗斯有批评者对《诗章》等诗基本持否定态度。我不认同这一点,就如同我不认同那种简单化的、非历史化的解读或是过于政治化的解读。沃罗涅日诗集的每一首诗,都不可从中抹去,都是诗人生命和"创造性遗产"的一部分。同样,有人说诗人遗孀的回忆录"可以作为《沃罗涅日笔记本》的阅读指南",我也不完全赞同。娜杰日达的回忆录对于我们理解诗人的生命和创作有很大帮助,但是对于读解曼德尔施塔姆的诗,也完全可以有不同的角度。实际上,这是一个任何人都难以穷尽的世界。

就我个人而言,我很为诗人晚期创作所显示的某种深化和加速度般的推进所吸引。古希腊罗马神话,沃罗涅日博物馆的收藏和各种建筑、艺术画册,现代量子物理学和基督教的启示录，拉马克的生物学，但丁的宇宙学，战争的术语……这种种资源在他那里融汇在了一起，刺激着他那先知般的音调和想象力。就对文明和历史的洞察而言，最惊人的一点，正如雷菲尔德所指出的："曼德尔施塔姆，以他最安静的形式，接受了拉马克式的观点，那就是进化论的'自动扶梯'不得不颠倒逆行，朝向相反的方向。"

但是，无论是"积极"还是"消极"，这都是曼德尔施塔姆的不可分割的两个方面（正如《希腊长笛》与《深蓝的岛屿，欢乐的克里特》所分别显示的那样）。读他的一些诗篇，我不由得想起了诗人米沃什在论西蒙娜·薇依时所引用的薇依的一句话："必须通过特洛伊和迦太基的毁灭去爱，不心存慰藉。爱不是慰藉，爱是启示。"我要说的是，曼德尔施塔姆的这些诗，无论怎么看，都真正深入了悲剧精神的根源。

而与这些诗相关联的，是那些在流放地延续着"对世界文化的怀乡之思"（这是曼德尔施塔姆给"阿克梅派"的一个定义）的诗篇，如《不要比较：活着的人不可比拟》《怎么办，我在天国里迷了路？》（"我的耳朵、眼睛和眼窝里／都充满了佛罗伦萨的怀乡病"），它们不仅透露出了诗人人文主义理想的"惨败感"，也与一个"加速度"的野蛮时代相比照，具有了一种深切的抒情力量。

沃罗涅日后期，诗人所着力创作的组诗《关于无名士兵的诗》，被视为他"最迂回和富有影射性"的重要作品。曼德尔施塔姆从来不是那种被绑在现实层面上的诗人，他借战争题材写下这组诗（这种写作策略使他得以发出声音），实则是在一个更广阔深远的历史时空下，书写了个体生命在历史暴力、极权迫害、宇宙混乱中的无助和盲目牺牲。这些诗都深具一种启示录的性质，一种形而上的，并且是"加速度"的非人力量在这些诗中运行，而诗人一步步抵及灾难的核心——不仅是个人的，也是宇宙的灾难核心（这就是为什么雷菲尔德称曼德尔施塔姆是一位深奥的"宇宙之子"）。布罗茨基十分赞赏其中的《一种阿拉伯式的嘈杂和混乱》一诗，称它是"一种令人难以置信的精神加速度的结果"，并说约伯等《圣经》人物正是凭此"才得以实现精神的飞跃"。而我在这次重新修订《让我们称空气为见证人》一诗译文时也再次受到触动——"教教我，瘦弱的小燕子，/ 现在你已忘记了如何飞翔"，这样的诗句当然十分感人，而接下来的"无翼，无舵，我又怎能 / 对付空气中的那座坟墓？"以及最后的结尾"——坟墓如何矫正一个驼背，/ 空气袋子如何把我们全部吸走"，也令人震动和惊异。"空气中的那座坟墓"甚至使我联想到策兰《死亡赋格》中的"我们在空中掘一座坟墓"。这就是策兰为什么那么推崇曼德尔施塔姆（他曾说通过翻译曼德尔施塔姆,他找到回归他自己语言上的路)。也可以说,在奥斯维辛的焚尸炉还没有被发明出来之前,曼德尔施塔姆就是它的见证人了!

这就是为什么诗人自己就像集中营里那些只有自己编号的"赤裸生命"("bare life",这里借用了阿甘本的概念)一样,加入了(或躺在了)"无名士兵"的行列。《关于无名士兵的诗》的最后一首《主动脉充满了血》的最后几句是:

>……我贫血的嘴唇在低语:
>我生于1月2日至3日的夜里
>在一个十九世纪——或别的什么年代的
>不可靠的年头,
>而世纪围绕着我,以火。

这组诗最后译到这里时,说实话,我自己几近泪涌。这最后一句按通常的句法,应译为"世纪用火围绕着我",而我用这种特殊的句法来译,就是为了突出这个"火",为了能使原诗的灼伤力在此达到极限。我们都曾目睹过时代的疯狂面容,我们的翻译,也应该能够把人们带回那历史的在场。

"诗人本是'岁月有意孕成的琴键'",在这些天的编译过程中,我不时想起同样经历过流放生涯的诗人昌耀的这句话。沃罗涅日是"仁慈"的,在这个偏远小城,诗人靠"借来的尘土"活着。妻子的陪伴、1935年为当地电台编写节目的工作、因心脏病在坦波夫疗养院和扎东斯克的短暂休养、阿赫玛托娃的来访、帕斯捷尔纳克等人经济上的援助、娜塔雅·施坦碧尔作为一个"新劳拉"[1]的存在、小城周边荒凉而自由的气息,一同激发了诗人的诗情,使他几乎成了他那一代在二十世纪三十年代后期那种肃杀气氛下唯一一位仍在"熊熊燃烧"的诗人。在这个意义上,历史真的应感谢沃罗涅日。

塞尔吉·鲁达科夫等人曾以不无夸张的语气将曼德尔施塔姆描绘成"诗癫""小城疯子"的形象。但是如果读了《像是阴柔的银子在燃烧》这样的诗,我们就会感到诗人在那时进入了怎样的一种宇宙的寂静之中!诗人自己说得很清楚:"也许这就是疯狂的起点,也许这是你的良知。"两者就这样相互作用着。据娜杰日达回忆,1936年夏天他们在扎东斯克,从收音机里听到"大清洗"开始的消息,什么都很清楚了,他们出来默默散步。那一天曼德尔施塔姆的拐杖卡在路上马蹄踩出的深坑里,那里积满了头天的雨水。然后曼德尔施塔姆有了

---

[1] 据娜塔雅·施坦碧尔对 A. I. 内米洛夫斯基说,在曼德尔施塔姆遗失的信中,她被称为"新劳拉"。"劳拉"为意大利十四世纪诗人彼特拉克著名的爱情抒情对象,被称为"女神劳拉"。曼德尔施塔姆翻译过彼特拉克的诗。

这样的诗：

> 亲爱的世界酵母：
> 声音，热泪和劳作——
> 雨水的重压，
> 麻烦的酿造……

"亲爱的世界酵母"也即诗歌。我们可以想象，在那个时代"雨水的重压"下和"麻烦的酿造"中，诗人是含着怎样的热泪对他的"亲爱的"讲话！

在沃罗涅日，曼德尔施塔姆不再年轻，心力和体力都日渐衰落，心脏不好，视力下降，哮喘病，摔伤的手臂总是疼痛。更致命的是，他内心预感到来日无多。纵然如此，他仍将自己的一切交给了他的"声音，热泪和劳作"。娜塔雅的感觉是对的，她感到诗人给她的诗是"告别诗"。岂止如此，这是一个犯下了"死罪"的诗人的遗言。这是一个"我已准备去死"（见阿赫玛托娃的回忆）的诗人的"遗言写作"——他在沃罗涅日的每一首都是"最后一首"！

但同样令人惊异的是，从毁灭中仍隐隐透出了某种"铁的温柔"（《环形的海湾敞开》），透出了"静静的管风琴压低的嗡鸣"，以及由灾难带来的"神圣的和谐"。《沃罗涅日笔记本》第二册和第三册中的一些诗，如《我被葬入狮子的窟穴和堡垒》《给娜塔雅·施坦碧尔》等，都具有了这种"献祭的意味"。《我被葬入狮子的窟穴和堡垒》被编在第二册的最后，该诗借用了《圣经·旧约》中希伯来先知但以理在狮子窝中幸存的传说。流放地沃罗涅日最终成了诗人的"狮子窝"，它伴随着一位女性歌声的引领、诗人自己的预言，以及"对厄运和救赎的庆贺"。在这些诗篇中，尤其是在《给娜塔雅·施坦碧尔》中，牺牲与见证、受难与复活、大地与死亡、男性与女性，再次成为一种命运的"对位"。从很多意义上，曼德尔施塔姆是幸运的，因为有娜杰日达、娜塔雅这样的女性在陪伴他，有阿赫玛托娃这样的对话者在关注他，有那么一种神圣女性的"低部沉重的高扬歌声"在伴随他，这就是为什么在他最后的诗中会深深透出那种"知天命"的坦然和超然。同样，因为她们，早年《哀歌》（*Tristia*）中男性与女性的主题也在拓展和深化，她们由死亡的预言者，变为悲痛而神圣的哀悼者、祝佑者和复活的见证者。诗人在三年的流放期行将结束时写给娜塔雅的那首诗，我想同时也是写给娜杰日达和阿赫玛托娃的。它成为献给苦难的俄罗斯大地上那些伟大女性的赞歌：

> 有些女人天生就属于苦涩的大地，
> 她们每走一步都会传来一阵哭声；

> 她们命定要护送死者,并最先
> 向那些复活者行职业礼。

一种对"大限"的接受和隐含的悲痛,一种从死亡中再次打开的创世般的视野!诗人最终达成的,仍是对爱、信念和苦难的希望本身的肯定。他最后所做的,仍是要这首诗的接受者和他一起向远方抬起头来,因为那即是命运最终的启示:

> 那曾跨出的一步,我们再也不能跨出。
> 花朵永恒,天空完整。
> 前面什么也没有,除了一句承诺。

"花朵永恒,天空完整",多么动人的诗!而苦难的诗人仿佛也由此重新赎回了自己。"这是我写过的最好的东西,"他对娜塔雅这样说,"我死后,把它们寄给普希金故居纪念馆作为遗言吧。"(见娜塔雅·施坦碧尔《曼德尔施塔姆在沃罗涅日》)

是的,这样一首抒情诗杰作,也完全可以作为一位伟大诗人的纪念碑。幸福而又悲痛的时刻("他像雕像一样坐着。这都显得非常悲痛。"娜塔雅这样回忆),最后献祭般的时刻。《沃罗涅日诗集》的英译者理查德·麦凯恩说得对,这最后一首诗,使"这本诗集的遗怀之功达到了极致"。我甚至感到,一个写出了如此诗篇的诗人可以去死了!

而在这一年半之后,在1938年末最后的几天里,诗人永远消失在押送至远东符拉迪沃斯托克的流放路上。在这之前,诗人在押解途中写给弟弟的一封信成为他留给世界的最后文字,信中以很艰难的语气说他已虚弱到极点,身体瘦得几乎变了形,不知道再给他邮寄衣物是否还有意义。据称诗人死于心脏衰竭。但他究竟是如何死的、葬于何处,一切都成了谜。

人们再也听不到他的声音。生前曾出版诗集《石头》(1913)、《哀歌》(1923)、《诗选》(1928)和散文集《埃及邮票》、文论集《词与文化》的著名白银时代诗人,在他消失后的几十年中,在苏联文学记录中几乎被抹去。

"此后三十年以来,人们都以为曼德尔施塔姆作为一个诗人已经被毁掉了……直到他的遗孀和其他一些支持他的人,如阿赫玛托娃和娜塔雅·施坦碧尔公开了她们保存在枕套、锅具或是从记忆和碎纸片中复原的手稿,这才清楚地显现还有一个遗腹的曼德尔施塔姆,一个来自沃罗涅日的与之前的诗人形象不同而又一致的诗人被发掘出来。"

"时代的变迁终于将曼德尔施塔姆交还给了他的

同胞。他在二十世纪三十年代创作的《莫斯科笔记本》《沃罗涅日笔记本》等大量作品才得以出版,那时曼德尔施塔姆在俄国的读者暴涨,印数总计超过了一百万册。"

而在这之后,"娜杰日达·曼德尔施塔姆的回忆录《一线希望》(*Hope Against Hope*)和《被弃的希望》(*Hope Abandoned*)的俄文版也于同时期面世,相比于在西方迅速发行的马克斯·海沃德的英译本,其出版晚了十五年之久。这些书的英文名字出自娜杰日达·曼德尔施塔姆自己的名字('Nadezhda'的意思即是'希望')。"(唐纳德·雷菲尔德《曼德尔施塔姆的生平和创作》)

以上这些叙述为对曼德尔施塔姆诗歌命运的简单描述——一个关于"希望"的故事,一个诗歌幸存和复活的神话!

感谢那些用生命守护着希望的人们!在1931年给阿赫玛托娃的一首诗中,曼德尔施塔姆一开始就发出了这样的声音:

> 请永远保存我的词语,为它们不幸和冒
>   烟的余味,
> 它们相互折磨的焦油,作品诚实的焦油。

曼德尔施塔姆那一时期的多首诗中,都有一种大难临头或命运尾随之感。他做了什么?即使他什么也没有做，他也知道什么在等待着他，因此他对阿赫玛托娃发出了那样的请求。而在沃罗涅日及其之后，对娜杰日达和娜塔雅，诗人所做的则是委托——生命最后的委托。

"请永远保存我的词语"，娜杰日达和娜塔雅接受了这神圣的委托。娜杰日达主要靠她的背诵来保存诗人的声音（这正如阿赫玛托娃的《安魂曲》是靠朋友记诵下来的一样，这种"口口相传"的诗歌史！），而娜塔雅即使在战争逃难的年月（沃罗涅日曾被德军占领），随身都一直不放下那个装有诗人遗稿的小包，"我知道我必须不惜一切代价……简而言之，它在我所有的磨难中都跟我在一起"。

1963年末，阿赫玛托娃在给娜杰日达的信中这样写道："我们都曾想到我们一定要活着看到那一天——那哭泣和光荣的一天。"

这一天真的到来了吗？是的，这就是我们今天能看到的《沃罗涅日诗集》。它们保留在三册学生作业本上，有九十多首（尚不包括一些变体和未完成的片段和草稿），创作历时三年，每首诗都标有具体的写作时间。我想，如果我们能见到那些珍贵的原稿，可能还能见到"紫色墨水"的痕迹——诗人在沃罗涅日的诗作大都是由娜杰日达根据他的口授记录下来的，而紫色墨水是当时唯一能买到的墨水：

依然有足够多的燕子。
彗星还未给我们带来灾祸。
而敏感的紫色墨水依然
在写,拖着星尘的尾巴。

　　　　——《理发店的孩子们》
　　　　　　　（1935年5月）

这里的"紫色墨水"是什么？是一种书写物质，但更是血！诗人谢默斯·希尼在一篇曼德尔施塔姆诗歌英译本的书评中，称娜杰日达她们"像珍藏先人的骨灰一样"，在一个恐怖年代保存了这些诗稿。这些了不起的女性，她们是曼德尔施塔姆诗歌命运不可分割的一部分，"进入了俄国文学的殉道史"。

"请永远保存我的词语"，这是多么神圣的一个声音！（我看过一部曼德尔施塔姆的传记片，即以这句诗作为片名）这一切，当然也在激励着我。它让我一再地感到诗的意义、翻译的意义。在这样一个令人忧虑的年代，我也真希望这样的"紫色墨水"能再次流在我们身上。

因此，当有出版人联系我想重印我翻译的《我的世纪，我的野兽：曼德尔施塔姆诗选》（花城出版社2016年版）时，我想到的，就是在原有的部分译稿的基础上把《沃罗涅日诗集》全部译出来（收在花城版中的不全,也需要好好修订),并且还应加注(我翻译的《灰烬的光辉:保罗·策兰诗选》出版后,有读者反映"有更多的注释就更好了")。同时,还需要相关的研究和传记资料,使它带有"评注本"的性质,具备更充分的研究价值和史料价值。我想我们应该这样来对待如此珍贵、独异的一份诗歌遗产。

曼德尔施塔姆的诗歌对我们今天的意义,读者自会感到。一切,正如策兰在半个多世纪前所说:"曼德尔施塔姆,达到了他的同时代人无可比拟的程度,他写诗进入一个我们通过语言都可以接近并感知的地方,在那里,围绕一个提供形式和真实的中心,围绕着个人的存在,以其永久的心跳向他自己的和世界的时日发出挑战。这显示了从被废弃的一代的废墟中升起的曼德尔施塔姆的诗歌,与我们的今天是多么相关。"(《曼德尔施塔姆诗歌译后记》)

至于翻译本身,曼德尔施塔姆视诗歌创作为一种"辨认"(recognition),在我看来翻译更是——这至少是自我与他者的辨认,以及两种语言之间的艰辛辨认。而翻译的目的,不仅如麦凯恩所说"使诗人在另一种语言中获得辨认",还要通过我们的翻译更真切地传达出那"永久的心跳"。

为了达到这一点,理解的可靠性、透彻性,语言的准确度,声音的清晰度,都是我首先要去尽力做到的。

为此，有时为完成一首诗的翻译，我参照了多种英译本和研究资料，也经过了再三的修改甚至重译。如《我将不向大地归还……》，该诗献给古比雪夫，他的试飞员儿子死于一次事故，但它显然也寄寓了诗人对自身命运的感受：

> 我将不向大地归还
> 我借来的尘土，
> 像一只白色粉蝶。
> 我愿这个思想的身体——
> 这烧焦的，骨肉，
> 能在它自己的跨距间活着——
> 回到那条街，那个国家。

我先前的这个译本依据的是英国诗人译者詹姆斯·格林（James Greene）的英译本。原诗有四节，但格林只译有这第一节，为节译，对原诗也有一定程度的改变，虽然格林的译本整体上受到通晓英文的诗人遗孀的肯定，我还是决定依据其他英译本重译和全译：

> 我将不向大地归还
> 我借来的尘土，
> 像一只白色粉蝶那样。

> 我愿这个思想的身体——
> 变为一条街，一个国家，
> 愿这烧焦的带脊椎的遗骨，
> 发现自己真正的长度。

我也感谢这种重译，"愿这烧焦的带脊椎的遗骨，/发现自己真正的长度"，多么令人惊异和感动！

在全译和重译的过程中，我也多次受到触动和洗礼。诗人在生命最后几年间留下的这些诗篇，展现了他与他的时代的剧烈冲突。但它们不仅仅是牺牲者的文献，它们是血的凝结，也是诗歌语言本身所发出的最后痉挛，是深入到了存在内核中的具有永恒价值的诗篇。它们用"借来的"时间活着，又最终战胜了时间。它永恒的生命力，正如诗人自己先知般的声音所预示："我躺在大地深处，嘴唇还在蠕动。"

至于大量的注释和附录文章编译，也花费了很多心血和时间，但为了帮助读者读解，这是应做的工作。其中有些俄语方面的问题和研究资料的搜寻，我也得到了李莎博士、许小凡博士和罗伯特·察杜梁的帮助。我不懂俄语，遗憾不能为读者提供一个"直译本"，但我希望尽可能地为读者提供一个可靠的、有自己独特面貌和参照价值的译本；用更高的标准来看，还希望它能真正成为"创造之手的传递"。翻译的根本目的，是通过译者的献身性语言劳作来创造原作的"来世"("afterlife",见本雅明《译者的使命》),以使诗歌得以在时间中幸存和不断复活。在这个意义上,曼德尔施塔姆对娜塔雅的要求,也就是对一个译者的要求。

最后,也要感谢乌克兰的索菲娅(蔡素非)女士。娜杰日达·曼德尔施塔姆的回忆录已由刘文飞教授译出并产生广泛影响,但娜塔雅·施坦碧尔的回忆录尚不为中文读者所知(就我了解,这部珍贵的回忆录目前也没有完整的英译本),因此我请索菲娅从俄文中直接译出。索菲娅看了《沃罗涅日诗集》和我给她发去的译稿后很感动("很珍惜你的这些翻译,这件事确实很伟大!我非常感动……"),她放下正在赶写、准备参加答辩的博士论文,投入到翻译和我们一次次的修订工作中来。为此我也很感动,她不就是另一个娜塔雅吗?是,在这片迎接春天的大地上,她也加入"护送死者,并最先向那些复活者行职业礼"这一行列中来了!

王家新

2021 年 3 月 9 日于北京望京

沃罗涅日笔记本（一）

你瘦弱的双肩……[1]

你瘦弱的双肩是为了被鞭打抽红的。
被鞭打抽红,在刺骨严寒中燃烧。

你孩子似的手是为了举起沉重的烙铁的,
举起烙铁,为了捆好包裹。[2]

你柔嫩的脚底是为了踩在碎玻璃上的,
踩在碎玻璃上,走进流血的沙。

而我是为你燃烧的,像一支黑蜡烛,
像一支燃烧的黑蜡烛,却不敢祈祷。

1934年2月[3]

---

1 该诗写于诗人来到沃罗涅日的前一年,似为献给娜杰日达·曼德尔施塔姆,因为主题的关系,被诗人编入《沃罗涅日笔记本》第一册卷首。这是诗人为患难与共的妻子和俄罗斯历史上一切柔弱而伟大、富有牺牲精神的女性献上的颂歌。这种主题在沃罗涅日的一些诗中(如第二册中的《你还活着》)一再得到回应,并在最后一首诗《给娜塔雅·施坦碧尔》中得到最终的升华。
2 诗人在给朋友的信中曾赞叹他的妻子是怎样为他熨衣衫,在1931年的一首描述他们动荡生涯的诗中也有这样的诗句:"或是找一些粗线来,/趁在天亮之前捆好包袱。/这样我们就可以前往火车站,/那里无人可以发现我们。"(《让我们在厨房里坐一会儿》)
3 《沃罗涅日笔记本》的每一首诗都标注了写作时间,中译本按原诗的时间标注方式进行了标注。

我住在被俯瞰的后花园里

我住在被俯瞰的后花园里,
看守人伊万[1]可以随时溜达过来。
风在工厂里徒然转悠,
穿过泥泞,木头路伸向远方。

平原尽头被翻耕的夜
被冻出一些细小的火泡,
隔壁,怪戾的主人[2]来回踩着
他的俄罗斯大皮靴。

地板已经明显陷裂,
它们只适合做一个人的棺材。
在陌生人家里我无法安睡,
我自己的生命不在这里。

1935 年 4 月

---

1 伊万为俄罗斯民歌中的强盗。
2 这里的"怪戾的主人",似指房东,当然也可以理解为在无形中掌控着诗人命运的人。

黑色大地 [1]

过于珍重,出奇的黑,被精心伺候,
犹如雄马的鬃毛,在空气中拂动,
所有粉碎的部分形成了整体的合唱,
我的大地,我的自由的潮润泥土! [2]

开春第一天,黑土地近乎发蓝,
从这里建立起无需铁器的作业。
传说的无尽垄沟被翻开了——我看见
这有限疆域中敞开的无限。

而大地依旧是——错失和斧头,
即使你落在她的脚边,也别去恳求,

---

1 该诗由曼德尔施塔姆口授,由鲁达科夫记录。
2 1879年"土地与自由社"在沃罗涅日召开具有历史意义的代表大会,成立了著名的"民意党/人民意志党","土地与自由"为他们的标志性口号。曼德尔施塔姆本来感到对俄国民粹主义有很大的距离感,但在这里,他"生平第一次与俄国的深厚迎面相遇"(维克托·克里武林语)。

她以一支发霉的长笛刺激着听力,[1]
以清晨冷冽的单簧管耕耘耳朵。

犁头翻起的沃土多么令人愉悦!
平原多么安谧,已进入四月的鼓胀。
好吧,黑色大地:坚强些,警觉些,
让你丰饶的黑色沉默开始工作。

1935年4月

---

1 "长笛"是曼德尔施塔姆一个关于诗歌的隐喻,"一支发霉的长笛",隐喻着时代的毁损和诗人自己的沉默,但现在它又开始"刺激着听力"。这种乐器的意象一直闪现在沃罗涅日的诗歌中,直到诗人1937年所作的《希腊长笛》。

我的耳机,我的小告密者[1]

我的耳机,我的小告密者,
我会让你记住这流放的平原之夜,
这夜半收音机喧嚷的酒糟的声音,
这来自红场的大喇叭。

地铁呢,这些天?[2] 别出声。什么都别说。
不要去问幼芽如何膨胀。
你敲击着克里姆林宫的钟,
言说的空间被压缩到一小点。

1935 年 4 月

---

[1] 诗人在沃罗涅日期间爱听电台播放的音乐,他也经常戴着耳机听莫斯科电台播放的国歌和红场上"救世主塔"的报时钟声。在俄语中,"耳机"与"告密者"为同一个词"наушники",而诗人本人的流放,正因为告密者所致。在诗人的其他沃罗涅日诗篇中也隐含了对"告密""诽谤"的暗示和愤慨,如《当金翅雀在空气的甜食中》。
[2] 写该诗时,莫斯科在建的第一条地铁线即将开通。

我不得不活着

我不得不活着,虽然已死去过两回,[1]
这个小城已被洪水弄得半疯。

它看上去多动人,颧骨和心是多么高,
被犁铧翻起的闪亮泥土是多么肥沃。

大平原多么静谧,在四月里静静泛绿。
而这天空,天空——你的米开朗琪罗!

1935 年 4 月

---

1 曼德尔施塔姆曾试图在莫斯科卢比扬卡监狱自杀,他用藏在靴子里的剃须刀割了手腕。在沃罗涅日之前的切尔登,他认为他行将被带走处决,从医院第二层楼的窗口跳了下去,并摔伤了胳膊。但是沃罗涅日的春日大地和人类生生不息的创造性生命力(诗最后的"米开朗琪罗")又使他活了过来。

沃罗涅日 [1]

放开我,还给我,沃罗涅日;

你将滴下我或失去我,

你将使我跌落,或归还给我。

沃罗涅日,你这怪念头,沃罗涅日——乌鸦和刀。

1935 年 4 月

---

1 在俄语中,"沃罗涅日"(Voronezh)这个地名让人联想到"强盗的"(vorovskoy)、"窃取的"(uvorovannyi)以及"做贼的乌鸦"(voron)、"窃贼的刀子"(nozh)等词的回声,"如果我们记得押送犯人的囚车被人们称作'黑乌鸦'(chornye vorony)的话,就更能理解这个词的发音中所暗含的带有某种邪恶意味的吸引力了。……(而诗人)在由可怕的双关意象构成的刀锋间寻求平衡,冒险闯进了与恶毒的命运之鸟周旋的文字游戏"(维克托·克里武林《沃罗涅日的乌鸦和刀》)。

这是一条什么街?

这是一条什么街?
——这是曼德尔施塔姆大街。
多么别扭的名字!
无论你怎么念,它听起来
都不是直线的。[1]

没有什么在他的心中是直的,
他的德行不是百合花。
这就是为什么这条街,
或者干脆说,这条排水沟——
在奥西普·曼德尔施塔姆死后
以他的名字命名。

1935 年 4 月

---

[1] 曼德尔施塔姆夫妇当时在沃罗涅日市郊居住的街道名为"直线街"(Ulitsa Lineinaya/ Straight Line Street)。

我躺在大地深处

我躺在大地深处,嘴唇还在蠕动,[1]
我要说的每个中学生都会背诵:[2]

地球在红场上比在其他地方更圆,
所有的意志倾向一侧。

红场上的地球,比一切都更圆,
它滚动起来任何人都不会感到轻松。

它会向下滚,一直滚进庄稼地里,
只要这大地上还有任何一个囚徒。[3]

1935 年 5 月

---

1 曼德尔施塔姆的沃罗涅日诗篇大多出自口授,在他那里,诗歌创作的象征是"翕动的嘴唇",而非纸和笔。娜塔雅回忆说曼德尔施塔姆作诗时总是"含糊不清地喃喃自语,直到这种喃喃自语变成清晰的话语。他平常不写下他的诗,也不记下来。他自己描述得最准确:'我没有手稿,没有笔记本,也没有档案。我没有笔迹,因为我从来不写。我是俄罗斯唯一用声音工作的人。'"(娜塔雅·施坦碧尔《曼德尔施塔姆在沃罗涅日》)。不过这首诗中的"我躺在大地深处,嘴唇还在蠕动",还要结合诗人在那时的命运处境和对未来的信念来体会。
2 在曼德尔施塔姆、阿赫玛托娃的其他诗中,也都一直隐含着这种对诗歌的信念和先知般的语调。
3 最后一句是对普希金的名诗《纪念碑》中的"只要这世界上还有一位诗人……"的回应。

卡马河[1]

1

眼睛和城镇一起忽明忽暗,当它
屈向卡马河畔走高跷的橡树林。

燃烧的云杉树丛,伪装,布满蛛网的胡须,
它们飞奔进河水的倒影变得年轻。

河水激撞着一百零四支船桨,
载着我们忽上忽下,从喀山到切尔登。

而我顺流而下,在窗口紧拽着一片窗帘布,
紧拽着一片窗帘布,一个着火的头颅。

---

[1] 在有些版本中,该诗有三节(其中第二节为第一节的变体)。卡马河为一条流经乌拉尔地区汇入伏尔加河的河流。该诗回忆了诗人及妻子从莫斯科喀山火车站被押送,沿着卡马河乘船前往切尔登,以及此后从切尔登返回莫斯科再转往沃罗涅日的旅程,这前后至少有一个月(1934年5月28日至6月底)。诗人后来也多次回忆卡马河:"我宁愿去拽住她羞怯的袖子"(《哦,这缓慢的、令人气绝的广阔空间》)。因为曼德尔施塔姆的卡马河旅途和流亡命运,阿赫玛托娃在她的长诗《没有英雄的叙事诗》的最后部分特意写到了卡马河:"而现在,在我的面前出现了/结冰的寒气逼人的卡马河……"

妻子和我一起睁着眼睛,在这五个夜晚,
五个夜晚睁着眼睛,对付三个押送的卫兵。

2

临别时我望了针叶林的东方一眼——
洪水中,卡马河的重量拽住了一只浮标。

我多想以篝火来划出那些山头的分水岭,
只是现在已分不清森林的季节。

我愿意生活在这里——你能理解吗?
在这悠久的、让人们安顿的乌拉尔。

哦多希望,能把这片水纹和土地交错的
闪光,永远收藏在我的长外套里。

1935 年 4 月—5 月

你们夺去了……[1]

你们夺去了我的海我的飞跃和天空
而只使我的脚跟勉力撑持在暴力的大地上。
从那里你们可得出一个辉煌的计算?
你们无法夺去我双唇间的咕哝。[2]

1935 年 5 月

---

1 "你们夺去了……",可参照曼德尔施塔姆所心仪的古罗马流亡诗人奥维德的《哀歌集》第 3 卷第 7 哀歌:"每一样东西都可以从我这里夺走/只有我的天赋与我不可分离。"
2 有的研究者指出,该诗中的"脚步"(在该诗中译为"脚跟")"计算"同时还包含了创作格律诗"音步"的深层隐喻。

理发店的孩子们[1]

我们依然在蓬勃地生长。
连衣裙和蝴蝶结罩衫
以及带飞蛾的中国棉衣依然在
苏联的城市间飞翔。

剃刀伸向最靠近的发缝,
依然在采集栗色的贿赂,
而那些茂密头发合乎情理地
坠落在洁净的围布上。

依然有足够多的燕子。
彗星还未给我们带来灾祸。
而敏感的紫色墨水[2]依然
在写,拖着星尘的尾巴。

1935 年 5 月 24 日

---

1 该诗或许和五朔节(每年 5 月 1 日举行)有关,五朔节为祭祀树神、谷物神,庆祝春天来临的欧洲传统民间节日,在一些地区,除了在家门前插上青树枝或挂上花冠,少女们挨家挨户去唱五朔节赞歌外,还有给孩子们剪头发的习俗。
2 诗人在沃罗涅日的诗歌大都是由娜杰日达根据他的口授记录下来的(有些"敏感"的诗句则用了密码式的词语),"紫色墨水"是当时唯一能买到的墨水。

诗 章[1]

1

我不想把我灵魂的

最后一枚硬币浪费在温室娇嫩的作物间,

而宁愿作为一个个体农民走向世界,

走向集体农庄——人民待我善良。[2]

---

[1] 这组诗被认为是曼德尔施塔姆试图与时代"和解"的诗之一,诗人在沃罗涅日期间也曾希望它能够发表,以缓解自己的处境,当然,这种情况不会实现。俄罗斯诗人克里武林指出:"《诗章》是一个经典题目,还让我们想到了普希金,他的同名诗作不无奉承地将沙皇尼古拉一世和彼得大帝相提并论,一时间成了忠君抒情诗的最佳范本。……(不过)事实上,通过比较自己与普希金的命运,曼德尔施塔姆提出了一个诗人的权利问题,即将国家作为一个美学范畴,而不是作为帝国的或政治的现实。这一美学范畴可以引发类似于罗马的恢宏给予她的崇拜者的那份狂喜。"(维克托·克里武林《沃罗涅日的乌鸦和刀》)

[2] 对于该诗中的"集体农庄""人民""红军样式的外套""布尔什维克化""苏维埃的马达"等词语和意象,克里武林这样解读:"曼德尔施塔姆基本上对外界保持敞开。环绕着他的意识形态因素被不自觉地吸收进他以语言为原料的工作中,他把它们当作生活提供的自然材料,用以表达他的不为国家意识形态的捍卫者能觉察到的纯粹的美学目的。他剔除了在苏联意识形态中处于中心地位的概念的定义及其被强加的单一性,而将它们放入具有新奇色调的语言环境,从内部瓦解了它们的原有含义,以便把它们纳入专属于他的诗歌语言体系的语义层面和联想层面。"(维克托·克里武林《沃罗涅日的乌鸦和刀》)

2

我爱这红军样式的外套,
它长及脚后跟,舒展的袖子,
裁剪得就像越过伏尔加河的雨云,
它匀称地从肩上垂下,背后则带一道开口,
两道镶边没一点浪费;
到了夏天你就可以把它折叠起。

3

一道该死的、荒谬的脱缝,
出现在我们之间。现在,说更清楚点吧:
我不得不活着,呼吸,布尔什维克化。
在我死前我要活得好看一点,
活下去,活在人民中间。

4

想象我是如何在十二寸的电火花中
慌乱奔走,在亲爱的老切尔登,

在喇叭形涌来的河流气息中,
无暇停下来,像那只透明夏夜的公鸡。
观看山羊相互诽谤、顶斗——
我不看这场多米诺骨牌的结局。
我耸掉肩后的啄木鸟聒噪,一个跳跃[1]
回到我自己。

5

而你,莫斯科,我的姐妹,多么轻盈,
在早班电车的铃声响起之前
前来接你兄弟的班机。
你比大海还优雅,你搅拌着
木头、玻璃和牛奶的沙拉。

6

我的国家在同我说话。

---

1 指诗人在切尔登医院期间跳楼自杀的事件,他从第二层楼的窗口跳了下去(娜杰日达只抓住了他的夹克),摔在花圃上,并摔伤了胳膊。

她糟蹋我,责骂我,从不听我。

她注意到我,只是在我长大

并以我的眼来见证的时候。

然后突然间,像一只透镜,她把我放在火苗上

以一道来自海军部[1]锥形体的光束。

7

我必须活着,呼吸,布尔什维克化。

以语言劳作,不去理会我自己和另一个[2]。

我听见苏维埃的马达在北极圈的轰鸣,[3]

我记起了这一切——德国兄弟的脖子,

花园的斩首者[4],他的消遣,

---

1 "海军部"指海军部大楼,为圣彼得堡标志性建筑,兴建于1704年,为圣彼得堡三条主要街道的交会点,镀金的尖塔顶部是金色船形风向标,这是由于彼得大帝强调海军的重要性。多少年来,它已成为帝国权力和荣耀的象征。
2 "另一个"或指陪伴诗人的妻子。
3 这句诗可能出自诗人对苏联考察船"切柳斯金"号头年在北冰洋被卡在冰块中及后来的营救行动这一事件的印象。1936年2月,阿赫玛托娃前往沃罗涅日探望期间,曼德尔施塔姆也谈到了"切柳斯金"号。
4 "花园的斩首者"指的是希特勒,在诗人写这首诗时希特勒已掌权。

是一把罗蕾莱的丁香梳子。[1]

8

我没有被抢窃一空,也并非处在绝路,
只不过,只是,被扔在这里。
当我的琴弦变得像伊戈尔的歌声[2]那样紧,
当我重新呼吸,你可以在我的声音里
听出这无边黑土的干燥的潮气
听出大地,我的最后的武器……

1935 年 5 月—6 月

---

[1] 出自德国著名神话:罗蕾莱坐在岩石上梳头,引诱莱茵河上的水手走向死亡。
[2] "伊戈尔的歌声"出自俄罗斯古代英雄史诗《伊戈尔远征记》。

罗马之夜[1]

因为这上百克拉重的宝锭,罗马之夜,
她的胸脯诱惑了青年歌德。

我可以被质问,但别让我失去我的权利:
有一种多维度的生命在法律之外。

1935年6月

---

1 该诗作于诗人为沃罗涅日当地电台编写《歌德的青春》《格列佛游记》节目讲解词期间。

日子有五个头[1]

日子有五个头。这连续的五天,
我缩成一团,为发酵般膨胀的空间自豪。
梦比传说广阔,传说比梦古老,它们混在一起
        而又机警,
大路以它的四轮马车追赶着我们。

日子有五个头,因旋舞而发疯,
骑兵驶过而其他人步行,黑压压一片。
白夜扩张着权力的主动脉,刀锋
把眼睛逼回到针叶树的肉髓中。

啊请给我一寸海的蓝色,为恰好能穿过针眼,
为了我们这被时间监护的一对能扬帆远行。
瞧,这就是俄罗斯的干薄荷和木头勺的传奇。
而你们在哪里,从 GPU[2] 大铁门出来的三个小伙计?

---

1 该诗描述了诗人及其妻子从莫斯科前往流放地的几天几夜行程。"日子有五个头",是指曼德尔施塔姆夫妇和三个押送的卫兵,也指向了古老的"多头魔鬼"的传说。
2 "GPU"为苏联内务部前身国家政治保卫总局的缩写。

为的是普希金的无价之宝不落入寄生虫的手中。
一代普希金学者穿着军大衣挎着左轮手枪发愤[1]
写和读——这些铿锵之诗的崇拜者!
啊请给我一寸海的蓝色,为恰好能穿过针眼。[2]

火车驶向乌拉尔。正谈话的夏伯阳
从一部有声电影[3]中突然跳进我们张开的嘴,
而我们跨上马鞍,当我们快被淹没——
从临时营房的背后,从那一幕的定格中。

1935年4月—6月

---

[1] 据娜杰日达·曼德尔施塔姆回忆录,旅途中,押送诗人的三个卫兵中,有一个曾大声朗读她随身带的普希金的叙事诗《吉卜赛人》,"这位士兵对热爱自由的天才诗人受到了沙皇政府的迫害非常气愤,却根本没有意识到他自己就是另外一位尚活着的伟大诗人的看守"。
[2] 在流放途中,诗人没能看见大海。"他向往地中海,那欧洲文明最早的摇篮,但现在,他从中被活生生悲剧性地撕开了。他再次呼喊:'啊请给我一寸海的蓝色,为恰好能穿过针眼。'"(维克托·克里武林《沃罗涅日的乌鸦和刀》)
[3] 指1934年出品的电影《夏伯阳》,该片塑造了苏联国内战争时期红军指挥员夏伯阳的传奇形象,电影结尾,夏伯阳中弹坠河而死。该片是苏联电影史上的杰作,人物形象鲜明,语言性格化,一些场面运用了蒙太奇手法。

甚至鱼也可以找到办法说话 [1]

甚至鱼也可以找到办法说话,
从这湿漉漉的银幕。
带声响的画面靠近我,靠近你,
靠近我们所有人。

在陡峭的消失中咧着嘴,
牙齿间咬紧致命的烟卷——
军官们列队行进,以最新的风格,
在平原上张开的大腿之间。

人们可以听到烧成碎片的飞机
发出的低沉嗡嗡声。
谢菲尔德牌子的马用剃须刀 [2]
刮伤了海军上将的脸颊。

我的祖国,请丈量我,改造我,

---

1 该诗起意于看电影《夏伯阳》的印象。
2 指英国著名的钢铁城谢菲尔德产的剃刀,但曼德尔施塔姆有意改为"马用剃须刀"。

被驯服的大地的热气是多么美妙!
夏伯阳的来复枪卡住了——
请帮帮我!快拆开!缩小尺寸!

       1935年4月—6月

能否赞美一个死去的女人?[1]

能否赞美一个死去的女人?
她疏远了但又强有力……
一种异域的爱把她带向了
暴烈、灼热的坟墓。

她的皱眉的僵硬的燕子
从墓穴向我飞来,
说它们已得到了歇息,
在斯德哥尔摩冰冷的床铺上。[2]

你的家族自豪于先祖的小提琴,[3]
它颈项的美无与伦比,

---
1 这是曼德尔施塔姆在沃罗涅日闻知奥尔嘉·瓦克塞尔(Olga Vaksel)死于斯德哥尔摩(实则自杀于奥斯陆)后写下的哀歌。曼德尔施塔姆与奥尔嘉在1925年冬曾有过充满激情的爱情关系,为她写过一些被阿赫玛托娃称为"秘密的爱情诗"的诗作,这一段恋情曾危及他与娜杰日达的婚姻关系。
2 布罗茨基在《文明之子》中提到曼德尔施塔姆的这节诗,说它是扎根于灵魂的伤痛记忆,暗含了俄国小学生都熟悉的一则安徒生童话:一只受伤的燕子在鼹鼠洞穴里过冬,养好伤后再飞回家园。(约瑟夫·布罗茨基:《文明之子》,《小于一》,法拉、施特劳斯和吉鲁科斯出版社,1987)
3 奥尔嘉的曾祖为著名作曲家和小提琴家。

你微笑，半启你的猩红色嘴唇，
多么意大利，多么俄罗斯！

我珍惜你的不幸的记忆，
木樨草，幼熊，迷娘曲 [1]……
但是雪中的风车已进入冬眠，
邮差的号角也被封冻。[2]

1935年6月3日—1936年12月14日

---

[1] 《迷娘曲》(*Mignon*)，为歌德自传体长篇小说《威廉·麦斯特》第一部《威廉·麦斯特的学习时代》中的人物迷娘所唱的一首歌。贝多芬、舒伯特、舒曼、柴可夫斯基等作曲家都曾为这首诗谱曲。
[2] 最后两句诗中的意象都出自舒伯特的声乐套曲《冬之旅》，奥尔嘉曾演唱过它们。

圣以撒像是死者眼睫上的冰锥[1]

圣以撒像是死者眼睫上的冰锥,
奢华的街道变成了蓝色。
街头手风琴师死了,还有母熊皮外套,
炉膛中异乡人的圆木。

火焰,一个猎手,蹿出
一串四轮马车,分散着它们。
大地匆忙——这带家具的地球,
一面镜子在其中嘲弄。

在楼梯平台上,雾气和分离
呼吸,呼吸和哼唱,
护身符冻僵了,穿俄国皮袄的舒伯特
移动,移动,移动。

1935 年 6 月 3 日

---

1 该诗同样是献给奥尔嘉·瓦克塞尔的。"圣以撒"指圣彼得堡著名的圣以撒大教堂(St. Isaac Cathedral),建于 1818—1858 年,高 101.5 米,和梵蒂冈圣彼得大教堂、伦敦圣保罗大教堂以及佛罗伦萨的花之圣母大教堂并称为"世界四大教堂"。

小提琴手

在帕格尼尼[1]修长的手指之后,
他们追逐着,像是吉卜赛人的大篷车队,
打着捷克人的喷嚏,跳着波兰舞,
另一个带着匈牙利人的克制。

但是你,小神童,虚荣无礼,
声音像叶尼塞河一样汹涌,
安慰我,波兰美女,
你头上的那堆卷发
会给马琳娜·穆尼什卡[2]的额头增光。
我的小提琴家小姐[3],你的琴弓高悬不下。

刺疼我,用深栗色的肖邦
和严肃的勃拉姆斯。不,停下!

---

1 指意大利天才小提琴家、早期浪漫乐派音乐家尼科洛·帕格尼尼(Niccolò Paganini,1782—1840)。
2 马琳娜·穆尼什卡(Marina Mnishek,1588—1614),波兰公主,普希金、茨维塔耶娃都曾在作品中写过她,茨维塔耶娃对她还有一种自我认同感。
3 指著名小提琴家嘉莉娜·巴莉诺娃(Galina Barinova,1910—2006),她于1935年4月5日在沃罗涅日的音乐会直接激发了曼德尔施塔姆回到诗歌创作。她也使曼德尔施塔姆想起了茨维塔耶娃。

用狂野的巴黎来击打我,
带着粉尘和汗的狂欢,
或是轻浮的维也纳新酿的啤酒,

穿上乐队指挥的燕尾服,
燃起多瑙河上的烟花,让马赛开始,
醉酒般的华尔兹旋转过,
从棺材演奏到摇篮。

演奏吧,直到你的主动脉爆裂,
直到一个猫头在你的喉咙里哭泣!
那里有三个魔鬼[1],第四个是你,
让最后的奇妙魔鬼闪亮登场!

1935 年 4 月 5 日—7 日

---

1 "三个魔鬼",娜杰日达认为是茨维塔耶娃(曼德尔施塔姆早年与她有过短暂的恋爱关系)、奥尔嘉·瓦克塞尔和她,有的研究者则认为是指帕格尼尼等三位小提琴家。

波浪接着波浪

波浪接着波浪,击碎波浪的脊骨,
以囚犯般的渴望扑向月球,
年轻的加尼沙里军团¹深处,
一座无负载的波浪之都,
伸展,扭动,在沙滩上拱出深沟。

透过空气,衣衫褴褛的黄昏,
一座未诞生的城墙上映出锯齿般的垛口,
可疑的苏丹卫兵们从泡沫的
楼梯上坠落,一滴一滴地坠落,
冰冷的太监散发着氰化物。²

      1935 年 6 月 17 日

---

1 "加尼沙里军团"为奥斯曼土耳其帝国时期的禁卫军与苏丹侍卫的总称。
2 结尾一句包含着对普希金诗句的化用。

我将表演冒烟的仪式 [1]

我将表演冒烟的仪式：
从这些猫眼石和我的放逐中，
我看见海边夏日的草莓
敞开了血红肉髓，
而它的玛瑙兄弟，却喜欢蚂蚁。

但是一个来自大海深处的卵石，
一个朴素的战士，
对我来说更亲切：
灰色，野性，
无人想要这些。

1935 年 7 月

---

1 在沃罗涅日期间，一次娜杰日达去莫斯科办事，并带回一些她和曼德尔施塔姆在黑海边收集的奇异卵石，其中"猫眼石"（蛋白石）的俄文原文"опал"与表示贬逐的"опала"很接近，只差一个字母，这可能触动了曼德尔施塔姆，诗人为此写下了这首诗。

我将不向大地归还……[1]

我将不向大地归还
我借来的尘土,
像一只白色粉蝶那样。
我愿这个思想的身体——
变为一条街,一个国家,
愿这烧焦的带脊椎的遗骨,
发现自己真正的长度。

墨绿色松树枝叶的哭声
从水井深处献出花冠,
延长着生命和珍贵的时间,
那靠在死亡机械上
裹着红旗的冷杉枝花环,
是稠密的带字母表的花环!

---

1 该诗献给古比雪夫(V. Kuibyshev),他的试飞员儿子死于一次飞行事故(沃罗涅日是苏联空降兵的基地之一,娜塔雅·施坦碧尔即在航空技术学院任教)。该诗也可视为是诗人后来创作组诗《关于无名士兵的诗》的最早尝试。无论如何,它显然也寄寓了诗人对自身命运的感受。

最后召集的同志们去了,
去艰辛的天空中工作,
在沉默中步兵们经过,
来复枪的刺人标志扛在肩上。

还有成千的防空高射炮,
棕色的、蓝眼的,
在混乱中蔓延,男人们,男人们——
谁会来接替他们?

    1935年春夏—1936年5月30日

沃罗涅日笔记本（二）

萨德柯[1]

工厂和花园的萨德柯,

在房舍和森林背后拉响的汽笛,

比一辆货运列车拉得更长,

为我的夜间劳作鼓劲的汽笛。

吹吧,老伙计,甜蜜地呼吸,

像诺夫哥罗德[2]的那位经销商,

在大海的深处吹奏,

直到呜呜地吹进时代深处——

你这苏维埃城镇的警笛。

> 1936年12月6日—9日

---

[1] 萨德柯(Sadko)是俄罗斯民间史诗中的行吟诗人兼商人,因其音乐才能落入海魔王之手。该诗被置于《沃罗涅日笔记本》第二册卷首。娜杰日达曾问:"为什么是汽笛呢?"曼德尔施塔姆回答:"也许我就是那汽笛。"显然,他从萨德柯那里感到了自身的命运。
[2] 诺夫哥罗德(Novgorod),俄罗斯西北部历史名城。

微笑的诞生

当一个孩子[1]开始微笑时,
半是苦涩半是甜蜜,
天真地,那个微笑的尽头
落入海洋的无政府状态。

对他,一切都是那样美好,
他咬住嘴角线的光辉,
而彩虹也接着了缝补,
为理解现实无尽的奥秘。

而从蜗牛嘴里涌起的水流中,
有庞然大物掠过,划着爪子,
一个泰坦[2]式的瞬间显现,
为赞美之声和惊讶的无力。

1936 年 12 月 8 日—1937 年 1 月 17 日

---
1 "一个孩子",指当地作家奥尔嘉·科列托娃(Olga Kretova)的儿子,但也指向诗人对自己童年的回忆。
2 泰坦,希腊神话中的巨人族。

我对这世界还有一点惊奇

我对这世界还有一点惊奇,
对孩子,对雪。
但是就像一条道路,笑容是真实的,
不顺从,也绝不卖弄。

1936 年 12 月 9 日—13 日

我的金翅雀[1]

我的金翅雀,我会翘起脑袋;
我们一起来看世界:
冬日如粗糙的庄稼茬,
对我们是不是有点刺眼?

黑黄尾巴,如一只小船。
脑袋浸入掠过嘴喙的色彩。
金翅雀,你是否知道你是金翅雀?
你到底知道多少?

怎样的大气层在你的额头后面?
黑,红,黄,白。
你盯住两条路。现在你不再
观看——你从它们中间飞起!

1936 年 12 月

---

[1] 在沃罗涅日,不仅黑土地、偏僻城郊、森林作为新的风景出现在曼德尔施塔姆诗中,他的新古典主义时期的"燕子"也变成了一只更真实也更神异的"金翅雀"。布罗茨基在《文明之子》中也特意提到这一点,称曼德尔施塔姆的沃罗涅日诗篇"不再是行吟诗人的吟唱而是有点像鸟鸣,不时发出尖厉的、急转的、高亢的音调,就像用颤音歌唱的金翅雀"。

孩子气的嘴喙啄着谷壳

孩子气的嘴喙啄着谷壳,
它微笑,当它啄着。
像个纨绔子弟我扭过我的头[1]
看着这只金翅雀——

狂野地弹跳,像迸裂的浆果,
晶亮的眼睛盯着——
哦我的相似物,我来回答你:
活着!这就是我的命令,在这里!

1936年

---

[1] 克里武林认为,这句诗里也渗入了诗人对自己童年的回忆。(维克托·克里武林《沃罗涅日的乌鸦和刀》)

当金翅雀在空气的甜食中

当金翅雀在空气的甜食中,
突然生气,开始发怒,
怨恨掀动他学者的长袍,
展现他可爱的黑帽子的优势。

他诅咒那谎言的围栏笼子,
主轴和横条就是那些流言蜚语,
世界完全由内而外进出。[1]
对于如此聪明、不驯服的鸟儿
肯定还有一个森林萨拉曼卡[2]。

1936 年 12 月

---

[1] "曼德尔施塔姆认为自己是一只鸟,一只会唱歌的鸟:一只笼中鸟。……(他)本人被捕之后,也面临着'诽谤苏联政治制度'的指控。然而在曼德尔施塔姆看来,'诽谤'的一个真正来源,正是笼子本身,即被强权合法化了的不真实的价值体系。"(维克托·克里武林《沃罗涅日的乌鸦和刀》)

[2] 萨拉曼卡(Salamanca),位于西班牙西部,为萨拉曼卡省首府。娜塔雅·施坦碧尔回忆说曼德尔施塔姆在那时很关注西班牙内战事件(1936—1939),因而他会把萨拉曼卡写入这首诗中。

造军械的师傅

造军械的师傅,
锻工纪念碑的裁缝,
会对我说:别着急,老家伙,
我们会为你赶制一个。

1936 年 12 月

我在世纪的心脏

我在世纪的心脏——去路模糊,
时光使目的地显得更远:
疲累的梣树拄杖,
生满青铜的行乞绿锈。

1936 年 12 月 14 日

这个地区浸在黑水里 [1]

这个地区浸在黑水里——
泥泞的庄稼，风暴的吊桶，
这不是规规矩矩的农民的土地，
却是一个海洋的核心。
我爱这个地区的地图，
它看上去就像非洲。
即使你照亮它，你也数不清
胶合板 [2] 上所有那些透明的洞……
安娜，罗索希，格里米雅克 [3]——
我念叨着这些名字。
我看见雪的天鹅绒，
从我的马车的窗户。

我圈划着集体农庄的田地，
我的嘴里满是空气，

---

1 该诗有着不同版本和变体，它出自从 1935 年夏天开始的集体农庄考察之旅，诗人被委托写诗赞美集体农庄，但是他并没有写出这样直接的颂诗。
2 指粘贴地图的胶合板。
3 这些人名难考，也许是诗人在集体农庄考察中遇见的一些人。

向日葵的逼人的太阳群

直接旋转进眼睛里。

我在夜里进入它的鞭打之中,

坦波夫[1],雪一样灿烂。

我看见茨纳河——一条平常的河——

白色,白色,被白色覆盖。

我将永远记住

这熟悉的大地上的劳作日,

我也永远不会忘记

沃罗比约夫卡地区[2]委员会。

而我在哪里?我犯了什么错?

无冬的平原赤裸:

这是柯尔卓夫的继母——[3]

不,你开玩笑,这是金翅雀的故乡。

只是一份闷哑城市的评阅,

带着结冰的地面,

只有茶壶的咕哝声

---

[1] 坦波夫(Tambov),苏联中西部黑土区城市,坦波夫州首府,位于伏尔加河流域茨纳河左岸。

[2] 曼德尔施塔姆在沃罗涅日期间,曾被安排到该地区的集体农庄考察。

[3] 阿列克谢·柯尔卓夫(Aleksey Vasilievich Koltsov,1809—1842),著名民歌风格诗人,生于沃罗涅日一个牛商家庭,他曾把沃罗涅日平原比作"继母"。

在夜里同它自己交谈。
火车呼唤着另一列火车,
在平原残渣的空气中,
而乌克兰人的说话声[1]
在他们拉长、抖颤的口哨中。

      1936 年 12 月 23 日—27 日

---

1 沃罗涅日州靠近乌克兰。

满满一吊桶的风暴

满满一吊桶的风暴
顺着铁链,被铰进黑水深处,
从乡绅们的土地
进入海洋的核心。[1]

它移动,倾斜,
全神贯注,充满威胁。
看:天空更高了——
新的家,新的房子,新的屋顶——
升起在大街上,光,日子!

1936 年 12 月 26 日

---

[1] 该诗第一节为上一首第一节前半部分的变体。

是他们,不是你,也不是我

是他们[1],不是你,也不是我,
拥有这种词语终结的力量:
芦苇的鞘口在空气中唱歌,
而充满感激的人类的蜗牛嘴唇,
把自己引向呼吸的重负。

他们无名!如果渗入他们的骨髓
你将继承他们的王国。

对于他们,对于那些活生生的心,
徘徊于他们的迷惘的小径,
你将读到,他们的快乐和折磨
随着潮水的起伏和涨落。

1936 年 12 月 9 日—27 日

---

1 娜杰日达曾问诗中的"他们"是否指"人民",曼德尔施塔姆回答说这样看太简单,他解释说这是受西班牙语语音学影响的一个结果。那时曼德尔施塔姆很关注西班牙内战事件,他甚至开始学西班牙语,并直接阅读西班牙诗人的作品。

我拿今天毫无办法[1]

我拿今天毫无办法——
一个无羽、只长着一张黄嘴喙的今天。
船坞大门凝视着我,
从铁锚和雾气中。

穿过褪色的水波,一只护航舰
航行,静静地航行。
而在文具盒一样狭窄的运河里,
铅笔芯在冰下继续发黑。

1936年12月9日—28日

---

[1] 写出这首诗后,曼德尔施塔姆曾说勃洛克会羡慕这首诗。在勃洛克诗中也有类似的对战舰进入彼得堡港口的描写。

偶 像[1]

一个偶像,被闲置在群山之中,
懒散,被守护,足不出户。
项链似的油脂从肥脖子上滴下,
伴随着梦的潮涨,梦的潮落。

而在孩童时,孔雀和他一起玩耍,
他们给他喂印度的彩虹,
给他喝从粉红黏土中挤出的奶汁,
那么多,那么浓的胭脂红。

被催眠的骨骼紧紧绑住,
双膝、手臂和肩膀现出人形——
他咧开宽嘴巴微笑,
他以骨头思考,用额头感觉,

---

[1] 这首诗与希腊神话的泰坦巨神阿特拉斯有关,阿特拉斯因为反抗众神被锁在深山中,在古代格鲁吉亚也有类似的神话。该诗最初拟献给阿赫玛托娃的第二任丈夫、历史学家、亚述学家希列伊科,但诗完成后,曼德尔施塔姆意识到这是在写"克里姆林宫的那个山民"。现在人们大都是这样来看这首诗。

并试图回忆起他作为人的形象……[1]

    1936 年 12 月 10 日—26 日

---

[1] 该诗最后一句有另一个版本:"他开始生活,当客人们来临。"

从一所房子、一所真正的房子窗口

从一所房子、一所真正的房子窗口[1]
望出去,是一长串遥远的雪橇辙迹,
河流似乎更靠近一些,
因为温暖,因为寒霜,
而那里是些什么树?云杉?
——不,丁香!
——那儿还有一些桦树?
——我不能确定:
只是空气墨水的散文,
难以辨认,模糊……

1936 年 12 月 26 日

---

[1] 曼德尔施塔姆在沃罗涅日期间,心脏曾出现问题,并在坦波夫的精神病疗养院短期疗养。

扎东斯克[1]

用一把剃须刀的刀片
就很容易刮去冬眠的胡子茬,
让我们一起记住吧,
那半个乌克兰的夏天。

你,灿烂的山峰,
圣徒时代毛茸茸的树林,
雷斯达尔[2]画布荣耀的
起源地,只需要一丛灌木和一点
琥珀里果肉般的腮红黏土。

大地升向丘陵。多么愉悦!
从那里看向清晰可辨的地层,
并成为一个七间房的主人,
那可容纳的简单性。

---

[1] 扎东斯克(Zadonsk),位于利佩茨克州首府利佩茨克西南的顿河沿岸城市。1936年夏天,因为曼德尔施塔姆患心脏病需要疗养,曼德尔施塔姆夫妇从沃罗涅日到扎东斯克山上的修道院附近住了六个星期("半个夏天"),为此娜杰日达很感谢阿赫玛托娃、帕斯捷尔纳克和她弟弟的资助。
[2] 雷斯达尔(Jacob van Ruisdael,约 1628—1682),荷兰风景画家。

它的山丘,遍布的干草堆
飞向遥远的命运。
草原的林荫大道,
像一连串灼热阴影下的帐篷,
柳树扑向火焰,
白杨树自豪地挺立。
在棕黄色的庄稼茬劳动营里
萦绕着冻烟的痕迹。

但是顿河依然像个半混血美人,
银色,肤浅,笨拙。
汲水的桶只浸入一半,
她迷失了,就像我的灵魂,

当夜晚的沉重负担
歪倒在坚硬的床上,
一些狂欢痛饮的树摇摇晃晃
从河岸下冒出。

1936 年 12 月 15 日—27 日

竖琴和中提琴的家庭和声[1]

竖琴和中提琴的家庭和声
响起在松树林的法则里。
所有的树干裸露,扭曲生长
但仍然是竖琴和中提琴的
模仿,好像风神开始把
每个树干弯回成竖琴
而又放弃了,怜悯树根吧,
怜悯这些树干,省下一些气力,
让竖琴和中提琴在树皮里
发出回响,并变成褐色。

1936 年 12 月 16 日—18 日

---

1 该诗同样作于扎东斯克,曼德尔施塔姆夫妇当时住地对面的山上即是一片松林。

这个冬天触及我[1]

这个冬天触及我,
像一份迟来的礼物:
我爱它最初的样子,
它试探性的清除。

在它的害怕里是美丽的,
像是令人敬畏的行动开端,
甚至渡鸦也有些惊惧
被那扩展的无叶的圈子。

而比任何事物更强劲的
是不稳定的膨胀的蓝:
半成形的冰积压在河湾眉头上
日夜地催眠……

1936 年 12 月 29 日—30 日

---

[1] 该诗作于一场迟来的降雪之后。

猫[1]

所有的不幸是因为
我在我的面前
看见了这只猫的放大的眼睛。
这迟钝杂种的子嗣,
海水的零售商。

在克什契伊[2]用童话的
红菜汤喂养自己的地方,
它以一块占卜石等待
带来好运的客人。
它以爪子抓挠着石头,
磨尽指甲的金色。

---

1 娜塔雅在回忆录中说曼德尔施塔姆为她家的猫写下了这首诗:"猫很凶,很狂野,性格像恶魔一样。它抓人和咬人,甚至也追赶敢于抚摸它的人。它的外表很符合它的性格:全黑,没有杂色,有巨大的翠绿色的眼睛。它总是专注地凝视人。看来它了解一切,如果它能说话我也不会感到惊讶。它身上有些险恶的,巫婆般的,神秘的东西。"(娜塔雅·施坦碧尔《曼德尔施塔姆在沃罗涅日》)
2 "克什契伊"为普希金长篇童话叙事诗《鲁斯兰和柳德米拉》中的一个邪恶术士和巫师。

而在阖眼睡去之时
这只猫不再那么好玩——
它燃烧的眼睛包含了
一座斜视之山的珍藏。
在它冰一样的瞳孔里,
是恳求和乞求
挥霍着圆形火花。

     1936年12月29日—30日

他的瞳孔 [1]

他的瞳孔,裹在天堂般的表皮里,
转向远处,落在大地上,
由那些敏感、细腻
多余的睫毛守护着。

偶像般,他将活着,
在他的故乡,将活得很久:
一只眼惊奇的漩涡,
让它追上我吧!

他凝视着,心甘情愿地
进入这短暂的世纪——
明亮,闪着虹彩,无形的瞳孔
仍在恳求着。

1937年1月2日

---

1 这一首写的是曼德尔施塔姆夫妇自己家里的猫。

在拉斐尔的画面上

微笑了,愤怒的小羊,在拉斐尔的画面上,[1]
一张帆布宇宙的嘴,但现在不一样了……

在芦苇的柔光下,珍珠的疼痛溶解,
海盐没入蓝色,大海的蓝色流苏。

被劫来的空中颜色,深如洞穴的颜色,
双膝上,摊开一匹平静风暴的皱褶。

年轻的苇草,长在比面包更硬的岩石上,
迷狂的力量在天空的画框里飘荡。

1937年1月2日

---

[1] 娜杰日达也不太确定诗人写的是拉斐尔的哪一幅画,很可能是圣彼得堡艾尔米塔什博物馆所藏的拉斐尔的《康那斯圣母》(*Madonna Conestabile*),但有的研究者认为也可能是拉斐尔的《阿尔巴圣母》(*Alba Madonna*),它在1935年至1937年间被苏联政府以高价钱卖给美国,这在当时被苏联知识界视为国家耻辱。因此小羊羔(代表着幼年耶稣)会"愤怒",诗中也出现有"被劫来的空中颜色"的诗句。但该诗最主要表现的,还是艺术的复活力量。

当巫师吹送耳语[1]

当巫师吹送耳语
对着枣红色的马鬃
或栗树色的,在
践踏的树枝间,

这些褪色、懒惰的武士
无意于嘶鸣,小巧
而强大的冬日红腹雀
也无动于衷!

我会更快地乘上——
乘上紫丁香色的雪橇,
离开日子的眉头,
在它移动的飞檐下……

1937 年 1 月 6 日—10 日

---

1 该诗有不同版本。

死去的诗人有一个环

死去的诗人有一个环,[1]
我在近旁被套住了,像一只猎鹰。
没有信使走向我。
我的门口没有脚步声。

松林和墨水的森林,
在这里拴住了我的腿。
地平线敞开,信使?
无信。

小土墩在平原上成群移动——
夜的游牧的帐篷
移动,小小的夜,继续
领着它的盲人。

1937 年 1 月 1 日—9 日

---

1 "死去的诗人"指的是生于沃罗涅日的著名民俗诗人阿列克谢·柯尔卓夫,他的名字有"圈""环"的意思。

像是阴柔的银子在燃烧

像是阴柔的银子在燃烧
与氧化物和合金斗争,
——这银制品的安静,犁铧的
铁尖,诗人的声音。

1937 年 1 月

亲爱的世界酵母[1]

亲爱的世界酵母：[2]
声音，热泪和劳作——
雨水的重压，
麻烦的酿造，
从怎样的矿砂里可以回收
那些失去的声音？

在乞讨者的记忆里，[3]
第一次，壕沟打开了
充满了青铜的水——
而你将摸索着上路，每一步
都令人打战，你既是瞎子

---

1 该诗有不同版本。
2 "亲爱的世界酵母"即诗歌本身，这是诗人在对诗歌讲话。
3 娜杰日达回忆说，1936年夏天当他们在扎东斯克期间，从收音机里听到"大清洗"开始的消息，然后他们出来散步，什么都很清楚了，他们都默默无语。那一天曼德尔施塔姆的拄杖卡在路上马蹄踩出的深坑里，那里积满了头天的雨水。"像是记忆。"曼德尔施塔姆说。后来他把这件事写入了诗中，并开始了《斯大林颂》的写作——为了救他的命。(娜杰日达·曼德尔施塔姆《第三本书》)

也是他的导游……

1937年1月12日—18日

小魔鬼

爬进来一个皮毛湿透的小魔鬼——
嘿,你去哪儿?去哪儿?
进入马蹄踩出的针箍里,[1]
在匆忙的轨道上
他从居民点一戈比一戈比
掠取吊唁的空气。

道路溅进了小镜子里。
疲惫的车辙
又摇晃了一会儿,
没有掩护,没有闪烁的云母。
车轮发出咕隆声,歪在一边,
然后就平静了——没什么大不了的!

而我叹口气:我径直的使命
预先就咕哝着。
现在它被另一辆

---

1 见《亲爱的世界酵母》注释。在这一首诗里,曼德尔施塔姆几乎是在用隐语写作。

嘲笑着,压过。

1937 年 1 月 12 日—18 日

人头的一个个土垛……[1]

人头的一个个土垛已远远消隐,[2]
我被缩小在这儿,不再被注意,
但是在爱意的书里,在孩子们的游戏中,
我将从死者中爬起并说:看,太阳!

1936 年—1937 年

---

1 该诗出自长诗《斯大林颂》。曼德尔施塔姆写这首颂诗(这次是他自己亲自连日写,而不是口授),用娜杰日达的话说,是一位"绞索套到脖子上的人试图自救"的行为。诗人本人曾想毁掉这首诗,但被娜杰日达保留了下来(未收录在《沃罗涅日笔记本》内)。该长诗在颂歌的调子下显得很别扭,言不由衷,诗中的一些句子和隐喻也充满了歧义,如这节诗最后的"太阳",可能本来是指向要歌颂的"那个人",但整节诗又成为诗人自身命运和不屈精神的写照。
2 曼德尔施塔姆曾对娜杰日达说:"为什么当我想起他,我就在我面前看见人头,堆成垛的人头?"西德尼·莫纳斯在解读曼德尔施塔姆时也曾这样写道:"征服俄国的时候,鞑靼征服者在城外堆起人头金字塔,以作为反抗他们统治的愚蠢下场的标志。这是莫斯科历史的一部分。"(西德尼·莫纳斯《阅读曼德尔施塔姆》,《我的世纪,我的野兽:曼德尔施塔姆诗选》,王家新译,花城出版社,2016)

你还活着

你还活着,你还不那么孤单——,
她仍和你空着手[1]在一起。
大平原足以让你们愉悦,
它的迷雾、饥饿和暴风雪。

富饶的贫穷,奢华的匮乏,
你们安然平静地生活。
被祝福的日子,被祝福的夜,
劳动的歌声甜美、纯真。

而那个活在阴影中的人很不幸,
被狗吠惊吓,被大风收割。
这揪住一块破布的人多可怜,
他在向影子乞求。[2]

1937 年 1 月 15 日—16 日

---

[1] 这里的"空着手"指的是赤贫,曼德尔施塔姆夫妇在沃罗涅日期间经常穷到要乞讨的地步。
[2] 在 1937 年 4 月 17 日写给楚可夫斯基(K. I. Chukovsky,1882—1969)的信中,曼德尔施塔姆写道:"我只是个影子。我不存在。我仅有死的权利。我的妻子和我都被逼得要自杀。"

我独自凝视霜寒的面容

我独自凝视霜寒的面容,
它和我一样来去无踪。
旷野的呼吸奇迹总会
被熨平,不留一点皱褶。

太阳斜视着,在浆过的贫穷中
安静而又满足。
十进位的森林也几乎同样……
如凝视新鲜面包,我凝视着雪。

1936 年 1 月 16 日

哦,这缓慢的、令人气绝的广阔空间

哦,这缓慢的、令人气绝的广阔空间——
我真是受够了;
地平线也在起伏,喘息。[1]
用绷带给我蒙上眼睛!

我宁愿去忍受一层层沙子,
在卡马河锯齿状的河岸:
我宁愿去拽住她羞怯的袖子,
它的涟漪,边缘和光坑。

我会向她学习——一个世纪,或一瞬——
嫉妒于围困下的急流,
我会从涌流的圆木树皮下倾听
那纤维如何化为年轮……

1937 年 1 月 16 日

---

[1] 曼德尔施塔姆患有严重的哮喘病。

我们拿这吞食一切的旷野怎么办

我们拿这吞食一切的旷野怎么办,
这瘟疫般蔓延的饥饿的奇观?
对我们这些受惑于它的幻景的人,
坠入睡眠时也许能拥有它们——
但是问题仍在到处增长:它们
从何处来,又到何处去?
如果,有一个独自缓慢爬行穿过它们
并使我们在梦中发出尖叫的人,
是不是未发现的未来的犹大?[1]

1937 年 1 月 16 日

---

[1] 这是颇引人注意的一首诗。尤其是该诗的最后一句(它的另一个版本为"是不是未发现的空间的犹大?"),引起了众多解读。"詹尼弗·贝恩斯(Jennifer Baines)认为对历史的洞察使曼德尔施塔姆把他(指斯大林)视为一个犹大,不是在现在而是在未来人们会看到这一点。……这听起来就如同叶芝(《基督重临》)的启示录似的警告:'粗野的野兽……懒洋洋朝向伯利恒以求再生。'"(唐纳德·雷菲尔德《曼德尔施塔姆的生平和创作》)

不要比较：活着的人不可比拟

不要比较：活着的人不可比拟。
让我闪开，带着温柔的恐惧
转向平原的平等，
天空的圆周让我头晕。

我向我的空气仆人请求，
等待它的恩惠，等着消息；
我已准备好了——它拒绝开始，沿着
远航之弧形。

我已准备好走向可拥有更多天空的地方，
但是这明亮的渴望现在已不能
将我从尚年轻的沃罗涅日山坡

释放到明亮的、全人类的托斯卡纳[1]拱顶。

1937年1月18日

---

1 托斯卡纳（Tuscana），指的是古罗马建筑中的托斯卡纳柱型。诗人在年轻时曾到意大利旅行过，在流放期间，依然保持着他所说的"对世界文化的怀乡之思"——这正是他在沃罗涅日期间的一次答问谈话中给"阿克梅派"的一个定义。莫纳斯指出："曼德尔施塔姆的乡愁，并非源于自然景观，而是源于文化视野的宽度，源于视域。但他被外力钳制、拘禁……"（西德尼·莫纳斯《阅读曼德尔施塔姆》）

如今我被织进光的蛛网

如今我被织进光的蛛网。
生活在黑发、棕色头发的阴影下——
人们需要光,需要清澈发蓝的空气,
需要面包和高加索山峰[1]上的雪。

但是没有人可以就此询问,
哪里——我可以张望?
无论在乌拉尔,无论在克里米亚,
都没有如此透明的哭泣的石头。

人们需要属于他们自己的诗,
整天都因为它而醒着,
沐浴在它的声音里——
那亚麻般卷曲、光的头发的波浪……

1937 年 1 月 19 日

---

1 高加索山峰也是普罗米修斯被缚之地。在作于同时期的《哪里是被捆绑、被钉住的悲吟?》中,诗人也引用了普罗米修斯神话。

仿佛一块石头从天外陨落

仿佛一块石头从天外陨落，

一行被贬黜的诗，身世不明，醒在此地。

无所哀求，这造物也不可改变。

它只能是这个样子。无人可以评判。

        1937 年 1 月 20 日

我爱这霜寒的呼吸 [1]

我爱这霜寒的呼吸
和冬日忏悔般的水蒸气:
我——是我;现实——是现实。

还有一个火炬一样的男孩,
小头领,他自己的
雪橇领主,一冲而过。

而我,在与世界和我自己的争辩中
将听任这场雪橇的传染力,
它的银色插入语,它的流苏。

世纪因此会比一只松鼠更轻地
落下,更轻地落向柔和的溪流。
半个天空都是脚踝,靴子。

1937 年 1 月 24 日

---

1 据娜杰日达回忆,他们当时住在沃罗涅日边缘的一个山丘上,山坡下是河,这种风景多次闪现在曼德尔施塔姆的诗中。该诗中的男孩是女房东的儿子。该诗作于那一年冬天降雪之后。

我拿自己怎么办，在这一月里？

我拿自己怎么办，在这一月里？
打哈欠的小城露了面，还蹲在那里。
在它紧闭的门前我灌醉了自己？
它的每一把锁和门闩都要让我咆哮。

狗吠的小巷像袜子一样拉长，
乱糟糟的大街，一个烂摊子。
一些长犄角的溜进角落，
在那里闪闪烁烁。

而我跌入地窖，在结瘤的黑暗中
是一座结冰的水泵。
我被绊倒。我吞咽死亡的空气。
一群狂热的乌鸦轰地四散。

我喘不过气来，在这之后
冲着冻僵的木柴堆大声嚷嚷：
我只要一个听众！只要一个医生！

在带倒钩的楼梯上跟他说话![1]

1937年1月—2月

---

[1] 在流放地与世隔绝,无疑加重了诗人的幽闭症,据娜塔雅回忆:"我记得有一次奥西普·埃米尔耶奇刚写了一首诗,心情十分紧张。他从屋子里冲过马路到城里的电话亭,拨打某一个号码后开始读诗,然后愤怒地对某人大喊:'不,听吧,我没有其他听众的!'我在旁边站着,什么都不了解。原来他是给 NKVD(内务人民委员部)的监控人员读的。"(娜塔雅·施坦碧尔《曼德尔施塔姆在沃罗涅日》)

哪里是被捆绑、被钉住的悲吟？

哪里是被捆绑、被钉住的悲吟？
哪里是普罗米修斯——悬崖的支撑者？
哪里是掠起的鹰群——那利爪，
来自阴郁眉头下黄眼珠的催促？

不，永不——悲剧不会重演——
但是这些正在接近的嘴唇，
这些嘴唇把我引向装卸工阿喀琉斯、
伐木者索福克勒斯的实质。[1]

他就是回声——问候，路标——不，犁头。
增长之时间的岩石空气剧院
挺立着，每一个人都想看见别的人，看见
这新诞生的、死亡播撒的，看见这活生生的。

1937年1月19日—2月14日

---

[1] "悲剧不会重演"，指西德尼·莫纳斯在《"时间的哼唱"与"未来的犹大"》中所述："或者，就算它们回来，也是闹剧；或者至少是无产阶级。"但是诗人并非以纯然消极的眼光看待这种历史演化，诗接下来又回到了对普罗米修斯神话的诗意重写。

听着,听着最初的冰块

听着,听着最初的冰块
在桥下急速流动,
我忆起了被照亮的微醉时刻
涌过我们的头上面。

从冷漠的楼梯上,从那些
愚笨的佛罗伦萨的
宫殿环绕和矗立之地,
阿利吉耶里[1]的歌声更有力地传来,
从那双唱破的嘴唇。

而我的影子也在采凿着
花岗岩的食粮,
它暗中所见的成堆残骸,
在光明里是一些房屋,

这些影子,或是捻弄着大拇指

---
1 "阿利吉耶里"即意大利诗人但丁·阿利吉耶里(Dante Alighieri, 1265—1321)。

和我们一起打呵欠,
或是弄出一点声响,
被其他活人的酒和天空温暖,

并以变味的面包屑
喂那些前来索求的天鹅……

      1937 年 1 月 22 日

就像伦勃朗,光和影的殉难者[1]

就像伦勃朗,光和影的殉难者,
我已进入增长的时间深处——
并被它麻痹。
但是我的一根肋骨是燃烧的尖矛,
它既不被幽灵盯着也不受
风暴中打瞌睡的哨兵监护。

原谅我,崇高的朋友,大师,
黑暗和墨绿色之父……
像一个男孩随着成长进入起皱的河水,
我像是在走向一个未来,
但我永远不会看到它,
现在,我们的部落被阴影纠缠,
黄昏令人陶醉,岁月空洞。[2]

1931 年夏天—1937 年 2 月

---

[1] 在沃罗涅日博物馆,有一幅名为《通向受难地的队列》的画,被归到荷兰绘画大师伦勃朗名下,但实则为伦勃朗的一个学生所作。画中的受难地为"各各他"(Golgotha),即耶稣被钉死在十字架上的地方。
[2] 第二节的后面几句有不同的版本和变体。

环形的海湾敞开

环形的海湾敞开,卵石,深蓝,
缓慢的帆如云影一样继续移动——
我刚刚知道你们的价值,就离开。[1]
比管风琴的赋格悠长,苦涩如缠绕的海藻,
那长期契约的谎言的味道。
我的头微醉,因为铁的温柔
和铁锈在倾斜海岸上的轻轻啃咬……
为何另一片沙滩会在我的头下铺展?
你——深喉音的乌拉尔,多肌肉的伏尔加,
这赤裸的平原——是我所有的权利——
而我必须以全部的肺来呼吸你们。[2]

1937年2月4日

---

[1] 该诗的前半部分表达了诗人对克里米亚半岛——俄国进入地中海的窗口——的渴望。他在沃罗涅日期间也曾准备过申请材料,想转到克里米亚流放。"他们无法阻止我四处走动,"他对娜杰日达说,"我刚刚就偷偷去了趟克里米亚。"(指他写的诗)
[2] 诗在最后回到对现实命运的接受,也体现了诗人对世界的容纳力。

我唱,当我的喉咙湿润而灵魂干燥

我唱,当我的喉咙湿润而灵魂干燥,
目光足够潮湿,头脑不那么清晰。
莫不是葡萄酒在作怪?酒囊在回响?
或是高加索人的热情使我的血速加快?
而我的胸口发紧——失语——落入沉默:
不,不是我在唱——是我的呼吸在唱,
我听着刀剑出鞘,我像聋子一样听见……

一支不为获取的歌是献给它自己——
对敌人是苦胆汁,对朋友是欢愉。

一支在荒山野岭中生长的独眼歌——
这独唱,猎人生涯的礼物——
那勒住马缰的人在挺身高唱,
他控制着他的呼吸,更舒展地唱,
他不想别的,只想在年轻人的婚礼上
真实而有力地,唱出这自由的歌。

1937 年 2 月 8 日

在人们的喧嚣和骚动中[1]

在人们的喧嚣和骚动中,
在火车站,轮船码头,
世纪的强悍标志一路张望,
它的眉毛开始颤动。

我懂了!他懂了!你懂了!
去你们想去的地方吧!
到人声嘈杂的火车站,
或等待在汹涌的河流边。

但是那停靠之处,现在已远了,
被遮盖的眼睛,水箱里的
沸水,链条上的锡皮杯子,
都已变暗。

---

[1] 这首诗显示了诗人既独立于时代又在一定程度上参与这两个方面,对此可参照诗人的中篇小说《埃及邮票》中的描述:"除了我自己,我还想说些别的,紧跟时代、时代的喧嚣和发展……革命有它自己的生与死,但它不能容忍人民琐碎的生与死。它的喉咙干渴,却不会接受局外人手中的任何一滴水分。"

彼尔姆¹的浊重方言

在邻座之间的争吵中飞扬,

墙上画像责备的眼神

温暖着我,也穿透了我。

未来的很多事情仍隐藏着——

在我们的飞行员和农场工中,

在我们的同志河、同志丛林

和我们的同志城镇中。

而我的回忆无法确定,

灼热的嘴唇,无情的话,

白色的拍动窗帘,空气中的谣言,

铁的叶子。

但是一切都是平静的:

只有一艘汽船在河面上航行。

荞麦在雪松的后面抽穗,

一条鱼在水的谈话中游动。²

---

1 彼尔姆(Perm),俄罗斯联邦彼尔姆边疆区首府,也是乌拉尔地区的工业、科学和文化中心。
2 诗人在这一节又引来了宁静、自在的自然事物的参照,作为喧嚣历史的对比。

所以我走向它,直到它的内心,
进入克里姆林宫而无需通行证,
当我穿破了距离的画布,
我的头感到有罪,我低下了头。

1937年1月

我的睡梦守护着顿河的梦想

我的睡梦守护着顿河[1]的梦想,
乌龟的调动展开了——
快速,急切,伸展的
地毯上,带着人们好奇的谈话。

让我感动的誓语把我引向战斗,
为捍卫生命,捍卫我的国家,
那里死亡在沉睡就像白天的猫头鹰。
雕花的肋骨间燃烧着莫斯科的玻璃。

克里姆林宫的号召令人难以抗拒,
在它里面是防御的防御;
还有武士的盔甲,与眉额、头颅
和眼窝友好地融为一体。

大地倾听着,还有其他国家,听着报时的
警钟,从合唱区位落下:

---

1 顿河,俄罗斯欧洲部分的第三大河,也是历史上各国的角逐之地。沃罗涅日靠近顿河。

让人们不再成为奴隶,无论是男是女,
脸颊贴着脸颊,伴着时钟的合唱。

       1937 年 2 月 11 日

被细黄蜂的视力武装

被细黄蜂的视力武装——
当它螯咬着地球的中枢,
我嗅着向我飘散来的一切,
徒然地回忆着……

现在我既不唱也不画,
也不在琴弦上刮擦黑色的弓:
我只想刺入生命,和爱——
像那些精巧有力的黄蜂。

哦如果夏天的热、空气的刺
可以绕过睡眠与死亡,
而把我置入一种倾听:
那地心的嗡嗡,地心的嗡嗡……

1937 年 2 月 8 日

曾经,眼睛……[1]

曾经,眼睛比磨过的镰刀还要锋利——
在瞳孔中,一只布谷鸟,一滴露水。

现在,在充满的光流量中,它勉力辨认着
一道黑暗、孤单的星系。

1937年2月8日—9日

---
1 在沃罗涅日,曼德尔施塔姆不再年轻,心力和体力都日渐衰落,心脏不好,视力下降,摔伤的手臂总是疼痛。

他仍旧记得我的破烂鞋子

他仍旧记得我的破烂鞋子,[1]
鞋底上那磨穿了的光彩;
我,作为回报,记得他的含混口音,
黑色头发,依大卫山[2]而居。

狐狸洞街上,一座用白涂料和蛋清
重新粉刷的淡绿色房子:
空气,楼梯,马蹄铁工,母马,空气,
小橡树,悬铃木,缓慢的榆树。

还有带卷边信件的女性链条,
让眼睛陶醉,犹如包裹在光线里——
而城市如此任性,上升进入森林,
进入青春,衰老,夏天。

1937年2月7日—11日

---

1 该诗以"破烂鞋子"起兴,也让人联想到诗人在《关于但丁的谈话》(约1934—1935)中对但丁的想象性描述:为了创作《神曲》,他在意大利山路上行走和来回踱步,磨破了多少双鞋子啊。
2 大卫山,位于格鲁吉亚第比利斯。该诗包含了诗人对早些年亚美尼亚—格鲁吉亚之行的回忆,在亚美尼亚,他的一颗诗心在沉默数年后苏醒,在第比利斯停留期间也留下了一些杰出诗篇。

就像木头和铜一样

就像木头和铜一样,法沃尔斯基[1]的雕刻在飞行——
在合作的氛围中,我们与时代结邻,
而且不由分说就被引领,被那
橡木板和铜悬铃木的分层舰队。

树脂仍然很生气,从一圈圈年轮中渗出,
也许心脏也是一团吃惊的肉?
这是我自己的错,我是这内核的一部分,
而这个时刻在增长,直至无穷。

一个满足无数朋友的时刻,
凶险广场的时刻,布满幸福的眼睛。
我以自己的目光划定它的范围,
在它上面已布满森林的旗帜。

1937 年 2 月 11 日

---

[1] 弗拉基米尔·安德烈耶维奇·法沃尔斯基(Vladimir Andreyevich Favorsky,1886—1964),苏联著名画家、版画家,曾为俄罗斯古代英雄史诗《伊戈尔远征记》和普希金、莎士比亚的作品绘制版画插图,其木刻作品在二十世纪三十年代就被鲁迅介绍到中国。在该诗结尾,诗人想象他出现在五一劳动节红场上的庆祝活动中。

我被葬入狮子的窟穴和堡垒 [1]

我被葬入狮子的窟穴和堡垒,
我陷得更深,更深,更深——
那一阵发酵声音胀破的雨,比狮子
更强劲,比摩西五经 [2] 更有说服力。

而你的呼唤如此靠近,靠近
神圣家族的混沌初开——
哦,海洋吐露的珍珠穿成了线,
塔希提 [3] 姑娘那纯洁的篮子……

惩罚之歌的大陆板块还在漂移,
以你的低部沉重的高扬歌声。

---

1 该诗借用了希伯来先知但以理在狮子窝中幸存的传说(参见《圣经·旧约·但以理书》,以及米开朗琪罗的《先知但以理》、画家马克·夏加尔的《但以理与狮子》等)。曼德尔施塔姆不仅以此隐喻自己的命运,如唐纳德·雷菲尔德所说,还有一种"重燃的对自己犹太人身份的感受"。
2 摩西五经,指的是希伯来《圣经》最初的五部经典:《创世记》《出埃及记》《利未记》《民数记》《申命记》。
3 "塔希提"指位于南太平洋中部的一座岛屿,为法国海外属地,后印象派画家高更曾在那里生活,并绘有《两位塔希提妇女》等名画。

黑夜女儿们甜蜜野蛮的脸，
女族长，配不上你的一根手指。

而我的时限依然不确定，
且让我去伴随这宇宙的欢欣，
如同静静的管风琴压低的嗡鸣，
伴随着一个女性的声音。[1]

1937年2月17日

---

1 据娜杰日达，"一个女性的声音"是指正在莫斯科演出的美国黑人女歌唱家玛丽安·安德森（Marian Anderson），她通常唱古老的圣约主题，也唱巴赫的曲子，伴随着管风琴演奏。曼德尔施塔姆也见过这位女歌手的肖像。但无论是否由女性歌唱而引发（娜杰日达还提到他们的另一位彼得堡女歌唱家朋友，其丈夫进过集中营但又在那时被捕），曼德尔施塔姆写出该诗乃出自一种必然，这是他早年以《哀歌》为代表的男人和女性不同悲剧角色的抒情诗范式的一种发展，在他被葬入"狮子的窟穴"后，他也需要一个女性的"低部沉重的高扬歌声"的引领。该诗被编在《沃罗涅日笔记本》第二册的最后，与第三册的最后一首诗《给娜塔雅·施坦碧尔》也有一种结构上的呼应。

沃罗涅日笔记本（三）

布满雪橇辙痕的小城[1]

这个困了的、布满雪橇辙痕的小城,
半个小城,半座山崖海岸,
陷于饱足的大雪,
在温暖的黄色乳香中,
挽上红色炭火的笼头,
快被烧成了焦糖。
在鲜红、深红的滑雪板上被带向
那陡峭的骑士领域。

但是别去寻找冬天的天堂奶脂
和佛兰德斯滑雪者的斜坡,[2]
这里没有守护神的怜悯,在乌鸦的
聒噪中,小矮人也没有护耳帽!
这种比较会让人难堪,
那就缩短我的素描线,那种对远路的爱好,
烟雾会踩着高跷离去,

---

[1] 这首诗描写沃罗涅日的冬日风景,从诗人所处的临河山坡迁回到娜塔雅·施坦碧尔的山上住地。
[2] 指欧洲艺术史上著名的佛兰德斯画家们描绘冬景的作品,如彼得·勃鲁盖尔(Pieter Bruegel,约1525—1569)的《雪中猎人》等作品。

带走那干枯而又快活的枫叶[1]……

       1937年3月6日

---

[1] "枫叶",在有的版本中为"枫叶形爪印"。

求求你,法兰西,你的金银花和大地[1]

求求你,法兰西,你的金银花和大地,
就像我祈求怜悯和恩惠。

斑鸠咕咕响的真心话和矮小葡萄园的
小谎言,在它们的白色薄纱分隔区。

而在温和的十二月,你的收缩的空气
结成了白霜,铸币似的,刺人。

但是牢狱里的紫罗兰,变得疯狂和无拘!
它吹起口哨——嘲讽,漫不经心。

曾经沸腾的地方,那扭曲的七月大街,
清洗了自己的国王。

---

[1] 该诗创作时,正值法国著名作家罗曼·罗兰(1866—1944)携夫人访问苏联。罗曼·罗兰为法国卓有影响的文学家、人道主义社会活动家,曼德尔施塔姆写作此诗不仅是抒发他对法国的怀念,也希望罗曼·罗兰夫妇能够介入他的案件。

如今在巴黎，在沙特尔[1]，在阿尔勒[2]，
好心的老查理·卓别林[3]就是国王。

以一个海洋般的礼帽，他精确地迷惑着
一个卖花姑娘，神气十足地叉着腰。

胸乳前有朵玫瑰，双塔在流汗，
蛛网的披肩变成了石头。

遗憾的是，旋转木马讨好于带羽的空气，
以在城镇里转动和呼吸。

无神论的女士，有着保姆山羊的
金色眼神，请弯下你优美的脖子，

当你打理着吝啬的玫瑰花圃，
那弯曲的剪枝刀，有点口齿不清。

1937 年 3 月 3 日

---

1 沙特尔（Chartres），法国厄尔-卢瓦尔省省会。
2 阿尔勒（Arles，也译为"阿尔"），法国东南部小城，因为画家凡·高曾在此居住而成为艺术圣地。
3 查理·卓别林（Charles Spencer Chaplin, 1889—1977），著名喜剧演员、电影大师，曼德尔施塔姆曾专门写过一首关于他的诗（未包含在《沃罗涅日诗集》内）。诗中的电影场景，见《城市之光》。

关于无名士兵的诗（组诗）[1]

让我们称空气为见证人

让我们称空气为见证人：
它有一颗远射程的心，
而在防空掩体里，它是一个幽闭的
海洋般活跃、什么都吃的东西。

甚至星星也在告发，它们要
看见所有东西（但是为什么？）
它们判决和见证着海洋——
一个无窗的、毒气般贪婪的东西。

---

[1] 沃罗涅日期间，诗人借战争题材写下这组"关于无名士兵的诗"，书写了个体生命在宇宙和历史暴力中的无助和盲目牺牲，它被视为曼德尔施塔姆晚期"最迂回和富有影射性"的重要作品："这样的标题显然是为了它会被发表：天真者可以把它当作是第一次世界大战中殉难者的悼文来读，正如今天苏联的编辑们称其为一篇关于第二次世界大战的预言。但是，明显可以看出这首诗是在为'大清洗'中的含冤受害者哀悼，而且以恐惧的呐喊收尾。最令人惊奇的，是这组诗还包含了现代量子物理学和天文学，同时还涉及了一些即将形成的观念：把整个宇宙看作是一个'黑色大理石牡蛎'，曾经作为根深蒂固之真理的来源和承载者的星光在其中被淹没了。人类颅骨所反射的群星闪烁的天空形象也开始塌陷……"（唐纳德·雷菲尔德《曼德尔施塔姆的生平和创作》）

雨在回忆，像个不受欢迎的农夫，
播种着不知名的吗哪¹，
而十字架的森林给海洋
和士兵的队形标出方位。

寒冷孱弱的部族将到来，
将继续砍杀，继续受冻和挨饿，
而在他的辉煌墓碑下，
一个合约的无名士兵躺下。

教教我，瘦弱的小燕子，
现在你已忘记了如何飞翔，²
无翼，无舵，我又怎能
对付空气中的那座坟墓？

而为了诗人米哈伊尔·莱蒙托夫，³
我将为你提供最精确的数据，

---

1 据《圣经》记载，"吗哪"（Manna）为以色列人在40年的荒野生活中被上天赐予的食物。
2 参见诗人早期诗歌中"燕子"的形象。
3 莱蒙托夫（Mikhail Lermontov, 1814—1841）曾有这样的诗句："在天空的海洋中／没有舵，没有帆／天国优美的合唱队／静静地飘流进薄雾中。"

——坟墓如何矫正一个驼背,

空气袋子如何把我们全部吸走。

1937 年 3 月 3 日

这些世界威胁我们

这些世界威胁我们

像是摇晃的葡萄,

悬挂,像是被掠夺的城市,

像是金色的油滑之舌,像是诽谤者——

那些冰冷有毒的浆果——

延伸之星丛的帐篷们——

以及从星座滴出的金色油脂……

穿过十进位数的太空

穿过十进位数的太空,

飞速的光:被粉碎,压缩成光束,[1]

---

[1] 这一行诗在下一首以更精练的形式重现。

计算开始,光变得透明

被明亮的痛苦和至零度的飞蛾。

越过战场中的战场,飞翔着

新战场,像是一个楔形之鹤。

消息沿着新的光尘飞落,

闪闪发亮,在昨日的战斗之后。

消息沿着新的光尘飞落,

我不是莱比锡,不是滑铁卢,[1]

不是哈米吉多顿[2],我是新的——

带给这世界的明澈之光。

奥斯特里茨[3]的细小火焰燃烧殆尽,

---

[1] 分别指莱比锡会战和滑铁卢战役。莱比锡会战,1813年5月至10月由俄、奥、普鲁士、瑞典组成的联军与法军及莱茵联邦军队在莱比锡进行的大战,会战的结果是拿破仑一世在德意志的统治崩溃。滑铁卢战役,是反法联军与法军1815年6月18日在比利时小镇滑铁卢进行的决战。反法联军获得了决定性胜利,结束了拿破仑帝国。
[2] 哈米吉多顿(Armageddon),《圣经·新约·启示录》所述世界末日之时"兽国"发起的列国混战的最终战场。
[3] 指著名的奥斯特里茨战役。1805年12月2日,拿破仑的军队在奥地利的奥斯特里茨(今位于捷克境内)与俄奥联军对战并取得决定性胜利。

在黑色大理石牡蛎[1]的深处,

地中海的燕子眯着眼睛,

埃及的瘟疫沙子在陷落,陷落。

一种阿拉伯式的嘈杂和混乱

一种阿拉伯式的嘈杂和混乱,

飞速的光被磨成一束——

射线,以它倾斜的底端,

平衡在我的视网膜上。[2]

成百万人那么廉价地死去了,

从空荡中踩踏出一条路,

晚安!以地下要塞的名义,

祝那些死者一路走好。

---

1 有研究者注意到了这个重要意象:"曼德尔施塔姆,以他最安静的形式,接受了拉马克的观点,那就是进化论的'自动扶梯'不得不颠倒逆行,朝向相反的方向。"(唐纳德·雷菲尔德《曼德尔施塔姆的生平和创作》)
2 詹尼弗·贝恩斯认为这组诗中"主旋律"般的"飞速的光"为一种对大地的威胁性、解构性力量,它构成了这组诗的一个主题。但也可以从另外的角度解读,布罗茨基在《文明之子》中特意提到这节诗,说它是"一种令人难以置信的精神加速度的结果",并说约伯等《圣经》人物正是凭此"才得以实现精神的飞跃"。

不可收买的天际横过战壕,
浩瀚的星空批发着死亡,
如此完备,我跟随你,躲开你,
我的嘴在黑暗中飞蹿。

越过散兵坑、掩体和沙包,
一个落魄的天才,满脸瘤疱,
徘徊不去,一个烟灰色亡灵,
自被亵渎的坟墓向我走来。

步兵们完美地死去

步兵们完美地死去,
夜晚的合唱也很完美,
越过好兵帅克[1]变扁平的微笑,
越过堂吉诃德的鸟嘴长矛
和它的侠义跖骨。
瘸子和人类结成了友谊:
他们都会找到自己的工作,

---
[1] 指捷克作家雅洛斯拉夫·哈谢克的长篇讽刺小说《好兵帅克》(全书名《好兵帅克在第一次世界大战中的遭遇》,创作于1921—1923年)中的主人公。

还有小小的木头腋杖家庭
也会敲响世纪的栅栏——
嘿,同志们联合起来!全球!

这就是为什么颅骨……

这就是为什么颅骨必须
从整个头部扩展——从一侧到另一侧——
这样军队就无计可施,只好涌入
它珍贵的眼槽?
颅骨因生命本身而进化,
整个头部——从一侧到另一侧——
刺激它自己,以纯粹的接缝,
因理解的圆顶而变得逐渐清晰;[1]
它冒出一些想法,并梦着自己——
杯中的圣杯,祖国的祖国;
那缝有星状棱纹的便帽——

---

[1] 雷菲尔德在读解这组诗时指出:"一个明显的进展是把宇宙、群星闪烁的天空的命运和人类的大脑颅骨联系起来,它们都呈圆拱状,都是易遭灭绝的真理的储藏室。"(唐纳德·雷菲尔德《曼德尔施塔姆的生平和创作》)

幸福的帽子啊——莎士比亚笔下的父亲。[1]

白蜡树狂热,无花果机智

白蜡树狂热,无花果机智,
赶回家时脸色微红,
好像在昏厥的发作中陶醉于
各自天空中变暗的火。

但是我们只能和多余者[2]结盟,
前方不是陷阱,而是测量,迷途——
一场为了至少的呼吸的战斗
和不为其他虚荣的光荣。

这就是为什么魔术箱
会贮藏在空无的太空中——
如果白矮星也会红着脸,

---

[1] 这一句的不同英译为"Shakespeare's father""the father in Shakespeare",后一种可能更接近原文及其"潜台词"。有研究者指出,这可能是曼德尔施塔姆读了乔伊斯《尤利西斯》俄译本中关于哈姆雷特与父亲的一通呓语般的道白后留下的印象。
[2] 这可能指向十九世纪俄国文学中"多余人"那一种人物类型。赫尔岑在《往事与随想》中指出"多余人"的形象包括普希金笔下的奥涅金、莱蒙托夫笔下的毕巧林、屠格涅夫笔下的罗亭、冈察洛夫笔下的奥勃洛摩夫等。

奔回到它自己的家?

但是我的良心好像中了咒语,
我的存在半睡不醒。
难道我要随便地喝下这些并在
火舌之下啃吃自己的头颅吗?

夜,星辰营地的吉卜赛继母——
现在和未来,你是否还会打赌?

主动脉充满了血

主动脉充满了血。
在它的分类中不时传来一阵咕哝:
——我生于1894年
——我生于1892年……
而,抓回一个已磨穿的出生年头,
和这聚拢的牧群一起签发,
我贫血的嘴唇在低语:
我生于1月2日至3日的夜里
在一个十九世纪——或别的什么年代的

不可靠的年头,[1]
而世纪围绕着我,以火。

　　　　　　　1937年2月—3月

---

[1] 诗人的出生时间实际上很确定:1891年1月2日至3日夜里。

我看见一个垂直站立的湖[1]

我看见一个垂直站立的湖,
鱼群与一朵凋残的玫瑰嬉戏
在轮子下,营造着淡水房,
而狐狸和狮子在独木舟上争斗。

从悲惨的凝视中挺出三个
吠叫之门,隐藏弧形的敌人。
瞪羚穿越过紫罗兰的跨度,
悬崖突然低吟于塔楼下。

醉于潮气,诚实的砂岩反叛了,
在手工蟋蟀城的中间,
而海洋男孩从清澈的河流中冒泡,
并朝云层里泼出一杯杯水。

1937年3月4日

---

1 娜塔雅·施坦碧尔在回忆录中说曼德尔施塔姆看法国兰斯和拉昂的哥特式大教堂的画册后有了这首诗。

我将在草稿中嘀嘀咕咕

我将在草稿中嘀嘀咕咕,
既然现在什么也不能明白说出:
这天国的荒唐游戏
经由经验和汗水完成。

而在炼狱的短暂天空下,
我们,也常常不能忆起
那个有着快乐天国穹顶的仓库,
即是适于一生居住的家。

1937 年 3 月 9 日

最后晚餐的天空……[1]

最后晚餐的天空爱上了这面墙,
它以充满创伤的光把它劈出。
它屈身于它,一阵闪耀——
进入十三个头脑。

而这就是我的夜空,
站在它前面,我就像个孩子。
我的脊背发冷,眼睛疼痛,
望着这一阵阵攻城槌似的天穹,

就在它每一阵的撞击下,
无头的星星阵雨般飞落,
这同样的湿壁画[2]的新伤口,
这未完成的永恒之愁容……

1937年3月9日

---

1 指达·芬奇《最后的晚餐》所描绘的耶稣受难前和十二门徒共庆逾越节的最后一顿晚餐的情景。
2 湿壁画又称"鲜画",一种刷底壁画,趁泥灰土潮湿时用颜色进行描绘,干透后经久不坏。达·芬奇的名作《最后的晚餐》即为湿壁画,它在历史上曾多次严重受损。

怎么办,我在天国里迷了路(一)[1]

怎么办,我在天国里迷了路?
那个离它最近的人,请告诉我,
但丁的九层地狱是不是更容易坠落,
就像运动员掷出的铁饼?
窒息,变黑,再次发蓝。

你这个站在我上方的你——
如果我没有过时,或者全部耗尽,
如果你是一个好施者,劝酒者,
请斟给我一些力量,而不是空泡沫,
为了这座旋转之塔的健康干杯,
为这赤膊上阵的蓝色天空。

鸽子窝,椋鸟窝,幽暗,
最深蓝色中的阴影人物,
春季的冰,天赐的冰,春天的冰,

---

[1] 但丁是曼德尔施塔姆的一个主要参照,但是他感到自己"迷了路",这两首《怎么办,我在天国里迷了路》,是他试图为自己找到人生的"解决之道"的艰难证词。也许第二首不仅在形式上更完美,也更切合于他对自己的最终期望。

乌云——有风度的武士——
嘘!他们正在给风暴套上笼头!

     1937年3月9日—19日

怎么办,我在天国里迷了路(二)

怎么办,我在天国里迷了路?
那个离它最近的人,请告诉我,
但丁的九层地狱是不是更容易坠落,
就像运动员掷出的铁饼?

你不能将我同生命分开——它梦着
砍杀和亲吻能同时进行,
我的耳朵、眼睛和眼窝里
都充满了佛罗伦萨的怀乡病。

请别给我戴上,在我的额头上
戴上这样或那样的桂冠。
你最好把我的心撕成
铁饼般滚动的声音的碎片。

当我入睡,劳役期满,我将给
活着的朋友和人们留出时间,
而在我胀破的胸膛里,天空将发出

更高、更深的回响。

1937 年 3 月 9 日—19 日

如果我们的敌人带走我

如果我们的敌人带走我
而人民不再和我说话,
如果他们没收了整个世界——
呼吸的权利,开门的权利,
并声称生活将照样进行
而人民,作为法官,也将继续审判,
如果他们敢于把我像一头动物一样留下
在地板上给我扔下一些吃的,
我将不会沉默或抑制我自己,
而是挣扎着写下我想写的东西,
在我赤裸的身体里时间也会发出鸣响,
而在一个阴影的角落里
我会把十驾牛轭套在我的声音上
在黑暗里移动我的手如一支犁,
一直抵进罗马军团兄弟般的眼光里
因满载的全部沉重收获而倒下

——光荣——归于——斯大林！[1]

1937 年 3 月

---

[1] 该诗的最后部分有不同版本，且意义相反，存有争议，因此以"光荣——归于——斯大林！"这一句作为对原诗最后几句的概括性意译，希望这种特殊处理也能传达原诗的精神和语调，并和全诗构成一种反讽性张力。

罗 马[1]

一个总是喜欢随声附和的城市,
那里喷泉的青蛙整日鼓噪并四处
泼洒,再也睡不着。
一旦醒来,通过哭泣来克服
喉咙和壳甲内的全部力量。
一个总是喜欢随声附和的城市,
以两栖的泪水泼洒。

夏日般,放肆,一带古迹,
带着下坠的拱顶和贪婪的外观,
就像不可触及的圣天使桥,
脚柱迈在黄色水流之上……

浅蓝色,模型化,冒着余烟,
在鼓声一样长的房屋中,
城市被雕塑,带着被吞咽下的圆顶,
从小巷里,从那穿堂风里

---

[1] 该诗作于法西斯主义兴起的时代气氛下,通过建筑和雕像反思恺撒和黑衫党的罗马,表达了对墨索里尼独裁统治下的意大利的忧虑。

被你们变成了谋杀苗圃——
你们,棕色血液的雇佣兵,
意大利的黑衫党,
恺撒鬼魂的凶残幼崽。

*

而你,米开朗琪罗,你的孤儿们,
笼罩在大理石的耻辱中:
"夜"的雕像被泪水打湿,
年轻勇猛的"大卫"是那样无辜,
"摩西"仍旧躺在床上,[1]
像一道落下的瀑布。
自由的权利和狮子的力量
在奴役中沉默并入睡。

一层层楼梯的屈服,
像犁形河流一样涌入广场:

让那些步骤像行动一样响起来,

---

[1] "夜""大卫""摩西"均为米开朗琪罗的雕塑作品,是他留在历史上的"孤儿"。

让慢悠悠的罗马人醒来,
他们生来不是为了这样的残废快乐,
像无所事事的海绵一样。
集会的坑基被重新挖掘了,
大门为希律王[1]打开,
堕落独裁者沉重的下巴
会在罗马上空悬挂。

1937 年 3 月 16 日

---

1 希律王,一般是指大希律王(Herod the Great,前73—前4),即希律一世,罗马帝国在犹太行省耶路撒冷任命的代理王。

也许这就是疯狂的起点

也许这就是疯狂的起点,
也许这是你的良知:
我们所认出的生死之结,
解开它,以便我们存在。

就像在一座非尘世的水晶教堂中,
那些尽心尽责的光蜘蛛
在肋骨之间采集和牵引,然后
聚为一个整体。

清晰颤动的线,感激的轴,
在宁静光线的指引下,
有时会聚来,再次加入,
就像那些诚实的访客,

只是在这里,在大地上,不是在天堂,
仿佛是在充满了嗡声的房子里。
不要惊动,不要伤到他们——
一切都会很好,如果我们活着看到它。

哦，原谅我所说的吧。

请安静，安静地读给我听。

> 1937 年 3 月 15 日

深蓝的岛屿,欢乐的克里特

深蓝的岛屿,欢乐的克里特[1]——
是你的陶工使你伟大。你的礼物被烘烤
进入回响的大地。你能听到吗
地底下鱼鳍那有力的拍打?

多么容易就让我想起大海,
从被烘烤的幸福黏土中。
而这封冻的容器力量会裂开,
进入大海,进入眼睛。

把我的还给我,蓝色之岛,
把我的工作还给我,飞翔的克里特,
从不断涌流的女神胸乳
去浇灌烧制好的陶罐。

那就是变成深蓝,变成歌咏,
远在奥德修斯之前,

---
1 克里特岛,爱琴海中最大的岛屿,爱琴文明的发祥地之一。

远在食物和酒水被称为
"我的"或"不是我的"之前。

然后复原,容光焕发,
那公牛眼中的天堂之星,[1]
而你,一条飞鱼,机运,
还有你,总是在说"是"的流水。

1937 年 3 月

---

[1] 古希腊神话中,宙斯爱上了腓尼基公主欧罗巴,化身为公牛把她带往另一个大陆,后来这个大陆被取名为欧罗巴(即现今的欧洲大陆)。

涅瑞伊得斯，我的涅瑞伊得斯[1]

涅瑞伊得斯[2]，我的涅瑞伊得斯，
眼泪[3]就是你们的食粮和饮料？
但愿我的同情没有冒犯
你们这些地中海里悲剧的女儿们。

1937 年 3 月

---

1 该诗可能属于曼德尔施塔姆一个系列中的一首（或一节），其他大都未完成或散失了，娜杰日达只记得若干句子。
2 涅瑞伊得斯（Nereids），古希腊神话中的五十个海仙女，美丽而富有同情心。
3 詹尼弗·贝恩斯指出这里的"眼泪"是普通人、凡人流出的眼泪。指出这一点对理解全诗很重要。

那个风和雨水的朋友[1]

那个风和雨水的朋友
被要求保护内部的沙岩,
沙皇涂画了许多苍鹭,
从瓶口造出瓶子。

埃及政体的耻辱
装饰以精选的兽皮,
它提供带有陪葬摆设的死者,
并建造了那些小金字塔。

我亲爱的血兄弟就好多了,
歌手在罪恶中安慰自己,
你的磨牙声依然能听到,
灰烬权利的起诉人。

拥有一团乱麻的财产,
分成两份微弱的遗嘱,

---
1 该诗也有着不同版本和变体。

你返回大地,这洞穴似的颅骨,
在鸟鸣和告别声中:

粗野的男生,窃贼的天使,
住在哥特式建筑一边,招惹是非,
是谁敢向蜘蛛的权利啐唾沫?
无与伦比的弗朗索瓦·维庸![1]

一个天堂歌咏队的强盗,
坐在他旁边一点也不可耻。
云雀们就要歌唱飞起,
在这个世界终结之前……

1937年3月18日

1　弗朗索瓦·维庸(François Villon,约1431—1474),法国十五世纪杰出的抒情和讽刺诗人,代表作有《大遗言集》。维庸在文学上和生活中都富有反叛性和挑衅性("粗野的男生,窃贼的天使"),因为放荡不羁和屡屡犯案被判绞刑(后改为逐出巴黎)。曼德尔施塔姆对维庸的诗十分推崇,曾专门撰文谈论这位奇才。

大酒罐[1]

因无尽的饥渴而负债,
酒与水的拉皮条客,
小山羊在你的周围蹦跳,
果实在向音乐膨胀。

长笛已奏响,那诅咒和尖叫![2]
而所有围绕你的黑和红,
在告诉毁灭的来临——
无人可以把你带走。

1937年3月21日

---

1 曼德尔施塔姆经常参观沃罗涅日博物馆,那里展示有一些古希腊陶罐,其中有一个带有晚期瓶画风格的黑红双色的酒罐。
2 暗指古希腊神话中的萨蒂尔(Satyrs),半人半兽的森林之神,长有公羊角、腿和尾巴的怪物,耽于淫欲,性喜欢乐。他同时是毫无节制的生命力和破坏力、音乐和性爱的象征,也是恐慌与噩梦的标志。他吹奏用的长笛,会轻易打碎陶罐。

哦,我多么希望[1]

哦,我多么希望
没有人察觉
随一道光线飞翔,
到我什么都不是的地方。

而你!应在光圈里闪烁,
没有更好的幸福了——
向星星学习
光的意义。

那是唯一的光线,
那是唯一的光,
因为它拥有低语的力量
和温暖的喃喃词语。

而现在,对你,
我要说我就是耳语,

---
1 这是曼德尔施塔姆怀着无比的温柔写给娜杰日达的一首诗,也是给娜杰日达的唯一一首诗。

托付给你,我的孩子[1],

随着那光源发光。

1937 年 3 月 27 日

---

[1] 曼德尔施塔姆常称娜杰日达为"我的孩子""宝贝"(有时也叫她"妈咪",见阿赫玛托娃的回忆)。

希腊长笛[1]

这希腊长笛的"p"和"q"——
仿佛所有这些名声还不够,
未雕刻,待确认,它成熟了,
遭受痛苦,越过了鸿沟。

要放弃它,怎么可能!
咬紧牙关,不能让它噤声,
你也无法用舌头催动它,

---

[1] 作为音乐和诗歌的一个隐喻,"长笛"多次出现在曼德尔施塔姆的诗歌中,如《黑色大地》中的"一支发霉的长笛"。碰巧的是,在沃罗涅日博物馆,有一幅带希腊文的长笛手画像。据娜杰日达回忆,该诗的起因还包括沃罗涅日的德裔长笛手施瓦布(Shwab)的被捕(被指控为间谍)。施瓦布为乐队的长笛手,多次为曼德尔施塔姆演奏巴赫、舒伯特的音乐。曼德尔施塔姆很惦念他是否敢于或是否有可能把那把珍贵的长笛带到集中营去。至于这首诗的意义,雷菲尔德指出:"这代表了从一件不朽的乐器到另一件乐器的不间断的创造精神。希腊长笛不仅纪念一个被清洗的沃罗涅日音乐家,而且还纪念了诗人再无力表达的希腊式的创造精神:'黏土在大海的手掌中……我的韵律变成了瘟疫'。俄语似乎证明了在再创造中也包含死亡:'mor'(疾病)与'mera'(测量)联系在一起,正如'ub'这个音节出现在'嘴唇''谋杀''消失'这些词当中。而希腊语的'thalassa'(大海)和'thanatos'(死亡),正如其谐音所显示,成为诗歌的开端和结尾。"(唐纳德·雷菲尔德《曼德尔施塔姆的生平和创作》)

或是用嘴唇将其肢解。[1]

吹奏者永远不会歇息：
他感到，他独自感到，
从前他曾从紫罗兰色的黏土中
塑造了一个他家乡的海。

听着雄心的不绝的耳语，
回想起嘴唇的那一声吧嗒声，
他要加快他的提炼，要分辨
声音的潮汐，要留出。

而我们都不可能重复他，
黏土在大海的手掌中。
当我发现自己被海水浸透时
我的韵律变成了瘟疫。

我厌恶于我自己的嘴唇，
谋杀是那同样的根源。
我弯下腰，不由得向下，趋向

---

[1] 俄语"guby"（嘴唇）的词根"gub"带有"分解""毁坏"的含义。

长笛的平分点直至无声。[1]

1937 年 4 月 7 日

---

[1] 曼德尔施塔姆在 1910 年所写的 "Silentium"（拉丁文，意为 "沉默"）一诗中，即出现有 "愿我的嘴唇止于／原初的哑默" 的诗句。这一首诗在最后再次表现了 "从沉默到言说、从言说到沉默" 这一人生和诗学的历程。

穿过基辅,穿过魔鬼街道 [1]

穿过基辅,穿过魔鬼街道,
一个妇女试图找到她的丈夫。
我们曾经有一次见到她,
面色蜡黄,双眼干枯。

吉卜赛人不会给这个美人占卜。
音乐厅也早已忘了它的乐器。
大街上倒着一些死马。居民区到处散发着腐臭味。

红军拖拽着伤员,
乘最后一辆街车匆匆离开,
一个穿血污军大衣的人喊道:
"别担心,我们还会回来!"

1937 年 4 月

---

[1] 基辅为娜杰日达的家乡,曼德尔施塔姆也正是在那里遇见娜杰日达的。因此这首诗实则是暗示诗人自己日后的命运。据阿赫玛托娃回忆,她听到曼德尔施塔姆念的最后一首诗就是这首"寻找丈夫"的诗,那是在沃罗涅日流放期结束后,曼德尔施塔姆夫妇来列宁格勒留宿在她家的沙发上时念的:"我跟着他重复读。他说'谢谢你',然后又睡去了。"

黏性枝叶的绿色诺言……[1]

我将这黏性枝叶的
绿色诺言置于唇边——
从这背信的土地:
雪球,槭树,小橡树的母亲。

瞧,我变得多么有力多么盲目,
屈从于卑贱的树根,
这个雷霆般爆发的公园,
是不是有点太炫目了?

小青蛙,犹如灵敏的水银球,
声音在大地上滚动,凝聚。
而嫩枝变成树干,
溪流变成了银河。

1937 年 4 月 30 日

---

1 据娜塔雅·施坦碧尔回忆,该诗是曼德尔施塔姆和她一起在一个大公园里散步后写下的。

幼芽粘上了黏糊糊的诺言 [1]

幼芽粘上了黏糊糊的诺言,

"瞧!一颗流星——"

那是妈妈告诉女儿不要

太急时说的。

"等等",半个天空

明显地小声回应。

然后是一阵沙沙作响:

"如果我只是有个儿子!"

我会开始庆祝

一种全新的不同生活,

摇篮将会摇晃

在轻松的脚下。

---

1 该诗是曼德尔施塔姆为娜塔雅的婚姻所写下的一首诗。娜塔雅 1936 年 5 月底与土木工程师鲍里斯·叶夫根尼耶维奇·莫尔恰诺夫结婚,但在同年年底分居。"我告诉奥西普·埃米尔维奇我和鲍里斯分手了,他很伤心。他责怪我没有立即告诉他,表达一下与他交谈的愿望,但随后他冷静下来,说他很清楚我们为什么分开:'鲍里斯没有能力感到你所带来的喜悦。'"(娜塔雅·施坦碧尔《曼德尔施塔姆在沃罗涅日》)

我那正直、粗野的丈夫，
就会温顺和服从。
没有他，就像在一本黑书里，
可怕得让人喘不过气来。

而夏天的闪电犹豫于
评说，只眨了眨眼。
哥哥皱起了眉头，
小妹妹抱怨。

有着沉重天鹅绒翅膀的风
往笛管里灌音符：
让这男孩的额头更强壮些，
就像他爸妈。

雷声则在询问他的朋友
"你们是否听说
酸橙树在樱桃开花之前
就嫁了出去？"

鸟儿的鸣啭从寂寞
而嫩绿的森林里传来，

那是媒鸟们在叽叽喳喳
向娜塔莎献殷勤。

这样的诺言粘在嘴唇上,
黏糊糊的,但我要如实说:
别看花了眼,一头撞在
马蹄的雷声下。

每个人都还在催促她:
"漂亮的娜塔莎,结婚吧,
为了身体健康,为了自己的
幸福——嫁出去吧!"

       1937 年 5 月 2 日

梨花和樱桃花对准了我[1]

梨花和樱桃花对准了我
它们的力量脆弱,但从不错过。

星星在绽开的花簇里,枝叶伴随着它——
怎样孪生的力量,真理在哪一枝上绽开?

在空气中燃烧,花朵或力量。
白色空气中充满了致命的开花棍棒。

那孪生的甜味并不受欢迎,它们
伸展,争艳,混杂,突然间来到。

1937 年 5 月 4 日

---

1 "娜杰日达·雅科夫列夫娜从莫斯科回来后,给我读了另一首诗:'梨花和樱桃花对准了我……',并笑着说:'这是关于你和我,娜塔莎。'"(娜塔雅·施坦碧尔《曼德尔施塔姆在沃罗涅日》)

给娜塔雅·施坦碧尔[1]

她的左腿像钟摆一样一瘸一拐,[2]
以可爱的步态,穿过空荡的大地,

---

1 这是曼德尔施塔姆在沃罗涅日写下的最后一首诗(1937年5月16日,他结束了在沃罗涅日的三年流放,和妻子一起返回莫斯科),原诗无题,但现在一般都称这首诗为"给娜塔雅·施坦碧尔"。娜塔雅·施坦碧尔(Natalya Shtempel, 1908—1988)为当地的一位年轻教师,她不顾危险和曼德尔施塔姆夫妇交往,并在后来漫长的艰难岁月保存了诗人的大量手稿。她在1987年出版的回忆录,已成为研究曼德尔施塔姆的重要资料。关于这首诗,娜塔雅回忆说:"奥西普·埃米尔耶维奇如通常那样坐在床上……他看起来很认真,专注。他说:'我昨天写诗了。'并读给我听。我保持沉默。'这是什么?'我不太明白,因此继续保持沉默。'这是爱情诗,'他为我回答,'这是我写过的最好的东西。'他递给我一张纸。"奥西普·埃米尔耶维奇继续说:'……我死后,把它们寄给普希金故居纪念馆作为遗言吧。'稍微停顿后,他接着说:'吻我吧。'我走到他面前,以唇轻触他的额头——他像雕像一样坐着。这都显得非常悲痛。他说死亡,而我要生存吗?!这些真的是告别诗吗?"(娜塔雅·施坦碧尔《曼德尔施塔姆在沃罗涅日》)
关于这首诗,娜杰日达也极为看重,在回忆录中她写道:"献给娜塔雅·施坦碧尔的优美诗篇在曼德尔施塔姆的所有爱情诗歌中脱颖而出。爱情总是与死亡的念头联在一起,但给娜塔雅的诗中蕴含着对未来生活的崇高和朗朗的感觉。他要求娜塔雅为作为死者的他哀悼,并向复活者的他致敬。"
2 娜塔雅的左腿有点瘸。原诗第一句字面上并没有出现"钟摆"的形象,该诗翻译参照了克拉伦斯·布朗和美国诗人翻译家W. S. 默温的合译本(Osip Mandelstam, *Selected Poems*, trans. Clarence Brown and W. S. Merwin, London: Penguin Classics, 1977)。对于这首诗的翻译的具体分析,可参见罗伯特·察杜梁《"花朵永恒,天空完整"——关于王家新对曼德尔施塔姆一首诗的翻译:三种语言的比较》(《王家新诗歌研究评论文集》,张桃洲编选,东方出版中心,2017)。

她已走到那个轻快的女孩,她的朋友,
和几乎和她同龄的年轻男子的前面;
那抓住她的,在拽着她走,
那激励她的残疾,痉挛的自由。
在她急速的跛行中她一定猜测到
是什么在催促,她也一定知道
在空气中来临的,就是春天,
这原始母亲,死亡的跳跃,
一如既往地重新开始。

有些女人天生就属于苦涩的大地,
她们每走一步都会传来一阵哭声;
她们命定要护送死者,并最先
向那些复活者行职业礼。
向她们恳求爱抚是一种罪过,
但要离开她们又超出了一个人的忍受;
今天是天使,明天是墓地蠕虫,
再过一天,只是一个轮廓。
那曾跨出的一步,我们再也不能跨出。
花朵永恒,天空完整。
前面什么也没有,除了一句承诺。

1937 年 5 月 4 日

附 录

回忆曼德尔施塔姆

[俄]安娜·阿赫玛托娃

*

1957 年 7 月 28 日

曼德尔施塔姆是最出众的谈话者之一,他不像今天的这些人,只是倾听和回答自己。在谈话时他彬彬有礼,反应敏捷,并且总是有他自己独到的见解。我从没有听到他重复自己,或是在那里"老调重弹"。他学起外语来毫不费力,可以用意大利语背诵整页整页的《神曲》。在他去世前不久,他还让娜佳[1]教他原本一点儿也不会的英语。他谈论诗歌的方式是令人眩晕的:充满了激情,有时也很偏颇,显得有点不公平,例如对待勃洛克的诗。他这样谈到帕斯捷尔纳克:"我是如此多地想到他,以至于我自己都累了""我确信他一句我的诗

---

[1] 指娜杰日达。

都没有读过";关于玛琳娜他则这样说:"我是反茨维塔耶娃者。"

奥西普在家里时总是开着音乐,这一点很少见。他最害怕的就是四周变得无声,他称之为"窒息"。当这种无声抓住他时,他会惊恐万分,他会想出荒谬的理由来解释这样的灾难。另一个经常令他失望的是他的读者。他总是认为喜欢他诗歌的是一群错误的读者。他熟悉并能记得其他诗人的诗,他常常为某一行诗着迷,但凡读到的诗他都能轻易记住:

雪花兄弟的白色长袍
落进泥土,依然滚烫,从奔腾的马蹄上。

我记得这两句诗,只是因为他读过。是谁的诗呢?

他喜欢谈论他所谓的"哑默"。他有时会说一些可笑的事情来取悦我。例如当他还是一个年轻小伙子时,他曾将马拉美的诗句"La jeune mère allaitait son enfant"("年轻的母亲在给孩子喂奶")想当然地译成了"年轻的母亲在梦中喂奶"。在图契科夫巷歌唱的春天里,我们习惯于这样开玩笑,以至于笑得要从椅子上跌落,笑得我们差点昏倒,就像乔伊斯《尤利西斯》里面那些糖果店的女孩一样。

我是1911年春天在维亚切斯拉夫·伊万诺夫的沙龙"塔楼"见到奥西普·曼德尔施塔姆的。那时他是一个瘦而结实的小伙子,衣领上别着一朵山谷里的百合花,他转过头来,带着一双几乎占了半张脸的燃烧着的眼睛和睫毛……这是我对曼德尔施塔姆的第一印象。绿色封面的《石头》("阿克梅"出版)的作者这样给我在书上题词:"给安娜·阿赫玛托娃——遗忘日子里意识的闪光。尊敬您的,作者。"

奥西普的自嘲有着独特的魅力,他喜欢讲那个印制《石头》的印刷店老犹太老板的故事,老店主握住他的手,摇着,祝贺他诗集的出版:"年轻人,你的诗会越写越好的。"

…………

1924年夏,奥西普·曼德尔施塔姆带着他年轻的妻子来见我。娜杰日达是法国人说的那种类型——"laide mais charmante"(丑但又吸引人)。我和娜杰日达的友谊从那时开始一直持续到现在。

奥西普对娜杰日达的爱极其特别,并让人难以置信。在基辅时,当她因阑尾炎被送到医院,他不离开一步,整段时间就待在医院运货工的房间里。他不让她离开他的视线,不让她工作,他发了疯地嫉妒,他诗中的每一个词都要问问她的意见。总之,在我的生活中我从未见过像这样的事情。那些幸存下来的曼德尔施塔姆给他妻子的信件完全证实了我的印象。

....

1928年,曼德尔施塔姆在克里米亚。这里是一封他的信,落款是8月25日(这是古米廖夫[1]被处死的日子):

> 亲爱的安娜·安德烈耶夫娜,
>
> 帕维尔·卢克尼茨基[2]和我从雅尔塔给您去信,在这里我们三个被领向艰辛生命的劳动。
>
> 我们很想回家并去看您。您应该知道我只能够同两个人进行有声有色的对话——尼古拉·斯捷潘诺维奇(古米廖夫)和您。我和科亚[3]的谈话并没有也永远不会被打断。
>
> 我们在十月份会回到彼得堡待很短一段时间。娜佳不能在那里过冬。我们有点自私,但是相信 P. N.(帕维尔·卢克尼茨基)会在

---

[1] 尼古拉·斯捷潘诺维奇·古米廖夫(Nikolai Stepanovich Gumilev, 1886—1921),二十世纪初俄罗斯诗人,阿克梅派的领袖,阿赫玛托娃的第一任丈夫。1921年,古米廖夫在彼得堡被逮捕,同年被处决,二十世纪六十年代后才得到平反。
[2] 帕维尔·卢克尼茨基(Pavel Luknitsky, 1900—1973),诗人,曼德尔施塔姆夫妇和阿赫玛托娃的朋友。
[3] "科亚"(Kolya),对古米廖夫的昵称。

雅尔塔留下来。请给我们来信。

你的

奥·曼德尔施塔姆

他需要南方和大海，几乎就像他那么需要娜佳：

啊请给我一寸海的蓝色，为恰好能穿过针眼。[1]

*

1933年秋天，曼德尔施塔姆终于在纳晓金路有了一个住所（他在诗中使它不朽[2]），两个小房间，在没有电梯的五层楼上（没有煤气灶和浴盆）（"房间像纸一样安静"）。流浪的日子似乎是结束了。在那里，奥西普第一次有了一些藏书，主要是一些意大利诗人（但丁、彼特拉克）的老版本书。

事实上什么也没有了结。他必须不断地往外打电话，等待和期盼些什么。但是什么也没能解决。奥西普

---

1 引自曼德尔施塔姆在沃罗涅日写下的诗《日子有五个头》。
2 指曼德尔施塔姆在那时创作的诗《房间像纸一样安静》。

反对诗歌翻译。在纳晓金路的时候,我亲自听到他对帕斯捷尔纳克这样说:"您的全集将由十二卷翻译和一卷您自己的诗作组成。"曼德尔施塔姆知道翻译会消耗一个诗人的创作能量,所以几乎不可能强求他去从事翻译。很多人开始来找他,但是通常很难知道他们是来干什么的,看上去他们几乎都是些无所事事的人。

虽然那个时期相对比较平淡,但不祥的阴影和厄运仍然笼罩着这所屋子。有一次当我们走在普列契斯捷卡街上(1934年2月),我已经不记得当时在谈什么了,当我们转向果戈理林荫大道时,奥西普说:"我已经做好死的准备。"28年过去了,每当我经过那个地方,我都会想起那一刻。

我有很长一段时间没见到奥西普和娜佳了。1933年,有人邀请曼德尔施塔姆夫妇来列宁格勒,他们住在欧罗巴旅馆。奥西普有两场对公众的朗诵会。他刚刚学会意大利语,逢人便谈论但丁,并能根据记忆整页整页地背诵。我们谈论起《炼狱》,我引用了第30诗章里的一个片段(贝雅特丽齐出现的场景):

> 一位女士在眼前出现:披着洁白的面纱
> 戴着橄榄枝花冠,她的斗篷是绿色的,
> 长袍闪动着火焰般的生命色彩。

> 我的灵魂——自最后一次见到她，多少年
> 过去了，她的现身令人战栗不已，
> 对神圣力量的敬畏使我说不出话来。

我是根据记忆背下来的。奥西普突然泪流满面。我有点吓着了："怎么了？""不，没什么，是因为听到那些诗和您的声音。"这样的事最好不由我来回忆。如果娜佳愿意，她能做。

当我用贬低的语气提到叶赛宁时，奥西普反驳说他可以完全原谅叶赛宁的一切，只凭他的一句诗——"我没有向土牢里不幸的人开枪"。

简言之，他们那时没有什么能维持生活——只有靠一点翻译，一些评论和一丝希望。他的抚恤金仅仅只够付房租和买口粮。这一时期曼德尔施塔姆的外表变化很大。他的体重增加，头发变得灰白，呼吸也开始吃力了。他看上去像一个老头（那时他才42岁），但是他的眼睛仍像从前一样炯炯有神。他的诗越写越好，散文也是如此。

前几天我在重读《时代的喧嚣》（自从1928年我就没有打开过这本书）时有了一个意外的发现。除了他在诗歌方面的卓越并具有原创意义的成就外，他还是彼得堡的最后一个历史记录者。他的描述准确，清晰，客观，独特。在他的书里，那些几乎快被遗忘和遭受扭曲的街道，重新回到它们在十九世纪九十年代和二十世纪初时的鲜活状

态。他们说他是在革命过去五年之后,也就是1923年写的这本书,那时候他是外在于时代的,但是缺席正是治疗遗忘的最好良药(我之后还会解释)。完全忘记事物的最好办法就是每天都看到它。……

我还很清楚地记得我们进行的一次关于诗歌的谈话。奥西普非常痛苦地忍受着现在被称作"个人崇拜"的现象,他对我说"诗歌必须是公民的",他还背诵了《我们活着,却无法感到脚下的大地》那首诗[1]。差不多在同一时期他还提出了"使词语相互认识"("introducing words to each other")的理论……

当我给奥西普读我的诗《在黎明时分他们带走了你》(1935),他说:"谢谢您。"那首诗出自《安魂曲》,写的是尼古拉·普宁1935年被捕的事件。

曼德尔施塔姆正确地认为(我的)《一点儿地理》的最后几句指的就是他:

> 这座城市,被第一流诗人赞美,
> 被我们这些罪人,被你。

1934年5月13日,他被捕了。同一天,在一阵连续的电报和电话呼叫声后,我离开了列宁格勒(不久前

---

[1] 曼德尔施塔姆于1933年11月写下了这首诗,并因为该诗于1934年5月被捕。

他曾在这里和阿列克谢·托尔斯泰[1]有过冲突），去找曼德尔施塔姆夫妇。……

亚戈达[2]亲自签署了对曼德尔施塔姆的逮捕令。对公寓的搜查持续了一整夜。他们寻找诗歌，他们踩在从小行李箱里翻出来并被扔向地板的手稿上。我们都坐在同一间屋里。一切都很安静。你能听到隔壁基尔萨诺夫的房间里有人弹奏尤克里里。一个侦探就在我面前翻出了《狼》（"为了未来嘹亮的英雄颂歌"），并把它给奥西普看。他静静地点点头。离开的时候他吻了我一下。他们是在早晨 7 点钟把他带走的，那时候外面已完全亮了。娜佳动身前往她弟弟那里，我则去斯摩棱斯克大道 8 号找丘尔科夫夫妇，我和娜佳约好了在某处会面。我们一起回家，把公寓整理好并坐下来吃点早餐。门外传来一阵敲门声，又是他们，要进行新的搜查。叶甫根尼·哈津说："如果他们再来，就会带走你了。"我在同一天去了帕斯捷尔纳克那里，他为曼德尔施塔姆的事去《消息报》办公室找布哈林；我则去克里姆林宫见叶努基泽（那时能进克里姆林宫简直是个奇迹。一个瓦赫坦戈夫剧院的演员鲁斯拉诺夫通过叶努基泽的秘书为我

---

[1] 阿列克谢·尼古拉耶维奇·托尔斯泰（Aleksey Nikolayevich Tolstoy，1882—1945），著名作家，《苦难的历程》的作者。
[2] 亨利希·格利戈里耶维奇·亚戈达（Genrikh Grigoryevich Yagoda，1891—1938），时任苏联国家安全部门首脑，1938 年 3 月 15 日被枪决。

安排的）。叶努基泽很礼貌，但随即就问："也许还有一些诗歌吧？"经过这些努力，我们加快了或许也减轻了事情的结果。判决结果是流放到切尔登三年，奥西普就是在那里从一所医院的窗户里跳下去并摔坏了胳膊，因为他认为他们要来找他。娜佳因此给中央委员会发了一封电报。斯大林下令对曼德尔施塔姆案子复审，并同意他另选一个流放地。就是在那时他打电话给帕斯捷尔纳克。后来的事就被讲过很多遍了。

············

在给斯大林的一封信的最后，布哈林写道："帕斯捷尔纳克也同样很担心。"斯大林称命令已下达，曼德尔施塔姆的事情会得到适当处理。斯大林在电话中问帕斯捷尔纳克为什么没有为曼德尔施塔姆竭尽全力："如果我的朋友有麻烦，我会尽一切可能帮助他。"帕斯捷尔纳克回答说，如果他什么都没做，那斯大林就不会了解此事。"但你为什么不直接找我或是作协组织呢？""作家协会从1927年起就不管这类事情了。""但是，他不是你的朋友吗？"帕斯捷尔纳克犹豫着没有回答，斯大林略微停顿了一下后继续问："那么他是一位大师，是不是？"帕斯捷尔纳克回答说："那是另外一回事。"

帕斯捷尔纳克觉得斯大林是在试探他是否了解那

首诗[1],这是他对自己支支吾吾地回答的解释。

"为什么我们把时间都花在谈论曼德尔施塔姆上?我很早就想和你谈一谈了。"

"谈什么?"

"谈生和死。"斯大林挂了电话。

1936年2月,我到沃罗涅日去看望曼德尔施塔姆夫妇,并了解了他那"案子"的全部细节。他向我描述了他是怎样发了疯似的跑遍整个切尔登寻找"我"布满了子弹的尸体[2],他是怎样逢人便谈这件事;他还认为在那时切柳斯金的荣耀的拱门[3]为了庆祝他的到来已经挺直了。

帕斯捷尔纳克和我还曾为了曼德尔施塔姆到最高检察院那里请愿,但是恐怖已经开始,一切已毫无意义。

这真是令人震动,正是在沃罗涅日,在他失去自

---

1 指曼德尔施塔姆的《我们活着,却无法感到脚下的土地》。
2 这可能出自曼德尔施塔姆因对阿赫玛托娃和他自身命运的极度担忧而引发的"疯癫",他可能也读过阿赫玛托娃在古米廖夫被害前后写下的这首诗:"他们用雪擦拭/你的身躯,你不再活着。/二十八处刀伤/和五个枪洞。/这是痛苦的礼物,/因为爱,我缝着。/俄罗斯老大地,你就爱/舔着血滴。"(选自王家新译文)
3 "切柳斯金的荣耀的拱门",指苏联考察船"切柳斯金"号在北冰洋被冰块卡沉的事件及其营救行动。这在当时是震惊世界的航海事件,其营救行动也具有非凡意义,正因为这一壮举,苏共中央于1934年4月设立"苏联英雄"荣誉称号,参加救援的7名飞行员成为首批"苏联英雄"。同年还有以这次营救事件为题材的纪录片上映。曼德尔施塔姆在沃罗涅日写下的《诗章》中的"我听见苏维埃的马达在北极圈的轰鸣",可能也出自对这一事件的印象。

由的那些日子,从曼德尔施塔姆的诗中却透出了空间、广度和一种更深沉的呼吸:

> 当我重新呼吸,你可以在我的声音里
> 听出大地,我的最后的武器……[1]

当我从曼德尔施塔姆夫妇那里回来后,我写下了我的《沃罗涅日》一诗。这里是它的结尾几句:

> 但是在流放诗人的房间里,
> 恐惧与缪斯轮流值守,
> 而夜在进行,
> 它不知何为黎明。

*

一个怪人?当然,他是。比如,他赶走了一个前来抱怨自己的作品无法发表的年轻诗人。受羞辱的年轻人走下楼梯时,楼上的奥西普还冲着他大喊:"他们出版了安德烈·申耶吗?出版了萨福吗?出版了耶稣吗?"
…………

---

[1] 为曼德尔施塔姆《诗章》的最后三句。本诗按阿赫玛托娃原文引诗译出,她是凭记忆写出,而不是一字不动地引用原诗。

阿图尔·劳里与曼德尔施塔姆非常熟悉，并撰写过一篇很有价值的关于曼德尔施塔姆和音乐的文章，他告诉过我他们年轻时的一个故事。有一次他和曼德尔施塔姆走在涅瓦大街上，遇到一个穿着异常华贵的女士。奥西普从来不会讲粗话的，却评点道："让我们把她身上所有的东西都脱下来给安娜·阿赫玛托娃。"（此事可向劳里求证。）

…………

有一次娜佳带奥西普来车站接我。他起得很早，显得冷淡，不在状态。当我从车厢上走下来时他说："你以安娜·卡列尼娜的速度来了。"

奥西普把我在他们公寓里住的一间屋子戏称为"异教寺"（它在后来变成了厨房）。他把他的房间叫作"皮亚斯特之后"，因为皮亚斯特住在前面的屋子。他还叫娜佳"妈咪"（Mamanas）。

他是一个怪人吗？但那不是重点。为什么为某个特定家族所作的传记……总是热衷于或不厌其烦地收集和保存各种流言蜚语，这基本上是从一个庸俗的角度来介绍诗人，却不会使人们在诗人的诞生这种重大和无可比拟的现象面前鞠躬。但是这样的诗人诗歌，一开始就使我们惊异，以一种看上去仿佛是天赐的完美。

曼德尔施塔姆没有老师，这是一件值得思考的事情。我在整个诗歌的世界找不出一个类似的例子。我们知道普希金和勃洛克诗歌的来源,但是谁能告诉我们曼德尔施塔姆诗歌中的那种新颖和天赋的和谐是从哪里来的?

*

1937年5月,曼德尔施塔姆夫妇(从第一次的流放地)回到莫斯科,回到纳晓金路的"家"。当时我和阿尔朵夫夫妇住在同一个楼里。奥西普已经病重,大部分时间都卧在床上。他给我读他所有的新诗,但他不让任何人把那些诗抄下来。……

恐怖的气氛在这一年里日甚一日,在我们周围肆虐。曼德尔施塔姆夫妇两个房间中,有一间被一个男子占据,他伪造了一封信告发他们,因此不久他们就无法再在这个公寓里生活了。奥西普没能获得继续留在首都的许可。X. 告诉他:"你太神经质了。"他也没法找到任何工作。他们从加里宁出来,坐在林荫道上。或许就是在那时奥西普对娜佳说:"人应该知道如何改变一下职业。我们现在是乞丐了。夏天对乞丐来说总是会好过一些。"

> 你还活着,你还不那么孤单——,
> 她仍和你空着手在一起。

大平原足以让你们愉悦,

它的迷雾、饥饿和暴风雪。[1]

我听到奥西普读的最后一首诗是《穿过基辅,穿过魔鬼街道》(1937)。这是一个故事。曼德尔施塔姆夫妇夜晚无处可去,我留他们在我的住处(喷泉楼的一幢房子)。我在沙发上给奥西普准备了铺盖。因为有事我出去了一趟,当我回来时,奥西普已经睡着了。但他又醒了,并读起了这首诗。我跟着他重复读。他说"谢谢你",然后又睡去了。

…………

我最后一次见到曼德尔施塔姆是在 1937 年秋。他和娜佳在列宁格勒待了两天。那是个末日降临的日子,不幸紧跟在我们所有人后面。他俩绝对已无处栖身。奥西普呼吸困难,只是张着嘴在艰难喘气。我去看望他俩,但我已记不得那时他们是住在哪里了。这一切都如同噩梦一般。一个在我刚到后进来的人说奥西普的父亲("老爷子")没有任何可以御寒的衣服了,奥西普便脱下那件他穿在夹克里的毛衣,让人带给他的父亲。

我儿子说,在他被审讯期间[2],他们向他宣读过奥

---

[1] 引自曼德尔施塔姆在沃罗涅日写下的《你还活着》一诗。
[2] 阿赫玛托娃的儿子列夫·古米廖夫因为父亲的"历史问题"屡遭迫害,于 1935 年首次入狱。

西普关于他和我的证词，这些证词都是无可指责的。唉，在我们的同辈人中这可以说是很少见的了。

他们第二次逮捕他是在 1938 年 5 月 2 日，是在切鲁斯季火车站附近的一个疗养院里（那时正是恐怖的高峰期）。那时我儿子已经在斯帕列纳亚大街的监狱里关了两个月了（自 3 月 10 日起）。每个人都在谈论那些人在怎样折磨犯人。娜佳来到列宁格勒时，你都能看到她眼中的恐惧。她说："我不会有片刻安宁的，直到我知道他死了。"

1939 年初，我收到了一封来自一个莫斯科妇女朋友的短信。信上说："我们的朋友莉娜生了个女孩，而我们的朋友娜杰日达失去了她的丈夫。"

科玛洛沃

另：奥西普从他去世的地方（……）只寄来过仅有的一封信（给他弟弟亚历山大）。娜佳保存着这封信，她把信给我看。他写道："我的娜佳啊，你在哪里？"他要一些御寒的衣服。于是一个包裹寄去了。但它被退回了，因为在它寄达后收件人已不在人世。

…………

对我来说，他不仅是一位伟大的诗人，他更是这样一个人：在意识到（或许是从娜佳那里得知）在喷泉屋发生了对我来说是多么糟糕的事情时,他像我们在列宁格勒火车站分别时说的那样告诉我:"安努什卡(他以前从未这样叫过我),要记住我的房子就是你的房子。"但那却只能在(他)死亡之前实现了……

1963年7月8日,科玛洛沃

(王家新 徐佳宁 译)

致曼德尔施塔姆夫妇书信两封

［俄］安娜·阿赫玛托娃

致奥西普·曼德尔施塔姆

亲爱的奥西普·埃米尔耶维奇：

谢谢你的来信[1]，谢谢你没有忘掉我。我现在已病了一个月了。过几天我将到医院去做检查。如果一切变好了，我将动身去看望你，不会有问题。

这个夏天很冰冷——失眠和虚弱已使我变得疲惫不堪。

昨天我接到帕斯捷尔纳克的一个电话，他在从巴黎回莫斯科的路上经过这里。[2] 看上去像是我不会见到他。他告诉我他会死于严重的精神衰弱。这个世界将要走向何方？千万别病了，亲爱的奥西普·埃米尔耶维奇，别失去勇气。

---
1 应指曼德尔施塔姆流放到沃罗涅日后给阿赫玛托娃的信。
2 帕斯捷尔纳克 1935 年夏去巴黎参加国际作家会议。

我的诗集因为一些原因推迟出版了。到我们见面时再说。

温暖的握手,并吻娜佳。

你的

阿赫玛托娃

1935 年 7 月 12 日

致娜杰日达·曼德尔施塔姆

娜佳:

我从"笔记散页"里挑出三页寄给你[1],这些笔记我将继续整理,也许到最后它会成为一本小书。

我们都曾想到我们一定要活着看到那一天——那哭泣和光荣的一天。我们还需要一起度过一些日子,那种高悬的日子。

望你一切都好,那也是,为了奥西普·埃米尔耶维奇。我会给泽恩亚[2]打电话。

---
1 这挑出的"笔记散页"应是对曼德尔施塔姆的回忆。
2 娜杰日达的弟弟。

谢谢你的来信。

> 你的
> 阿赫玛托娃
> 1963 年 12 月 27 日,莫斯科

(王家新 译)

沃罗涅日的乌鸦和刀

[俄]维克托·克里武林[1]

在最后的也是臻于顶峰的诗歌飞升之前，奥西普·曼德尔施塔姆走过了无底的深渊：突发的个人灾难，折磨着、也扭转了诗人的全部存在。他于1934年5月被捕，接下来的数周，他都生活在难以言状又不断加剧的恐惧之中，以及对一个陌异又足以致命的意志几近完全的屈从之中（亚瑟·凯斯特勒曾用"致盲的黑暗"一词准确描述了被审讯的受害者所经受的苦难）。在卢比扬卡[2]的审讯室里曼德尔施塔姆究竟遭受了些什么，或许我们永远也无法得知。从1934年首次被捕到1938年春最后一次被捕的四年时间里，对于在卢比扬卡监狱的经历，他从来只字不提。离开监狱牢房，守卫将他直接带到喀山火车站的站台，他将被送往乌拉尔腹地，而在

---

1 维克托·克里武林（Victor Krivulin，1944—2001），俄罗斯彼得堡著名诗人，曾和移民美国的立陶宛诗人托马斯·温茨洛瓦等口述有《安娜·阿赫玛托娃的晚年》。该文为理查德·麦凯恩英译本《沃罗涅日笔记本》导言，题目为中译者所加。
2 卢比扬卡，前苏联秘密警察局总部。

那里等待的妻子见到他时几乎不敢相认。曼德尔施塔姆似乎被发生的一切永远地摧毁了。艾玛·格斯坦与曼德尔施塔姆夫妇很熟悉，在曼德尔施塔姆获释之后曾见过他（在他从切尔登回到莫斯科期间），说那时的"奥西普有些麻木恍惚"，"完全陷在自己的世界"。他目光呆滞，眼睑红肿，这种状况从此就没有改变（极有可能是传送带式连续审问的后果：审讯者轮流换班，一连多日从不间断），他的睫毛也脱落了，胳膊上吊着绷带。

在随后的流亡生涯里，不论是最初几个月在切尔登，还是后来在沃罗涅日，呆滞从未退去，"致盲的黑暗"所带来的阴影也从未消失。他也曾努力抗争，比如试图以猛然的一刀了结此生[1]，或者从切尔登医院的窗户跳出去[2]，或者为了自我保护而对周遭的一切冷漠相待，但意识模糊不清的现象在他那里还是时时发生。不过，在很多同时代人看来，斯大林对曼德尔施塔姆实施的报复轻微得难以理解。鉴于比曼德尔施塔姆更无辜的言行也受到了诸如遣送到集中营或者处决的威胁，流放并不是那么严厉的惩罚，尤其曼德尔施塔姆获罪的原因是因为他那首诗（《我们活着，却无法感到脚下的土地》）对"人民之父"消解性的道德与政治嘲讽，何况对于流

---

[1] 指曼德尔施塔姆曾试图在卢比扬卡用剃须刀割腕自杀。
[2] 在切尔登，曼德尔施塔姆认为他将被带走处决，从医院第二层楼的高窗上跳了下去，并摔伤了胳膊。

放地，曼德尔施塔姆还有着选择的可能。

为什么曼德尔施塔姆在切尔登待了一段时间之后会选择去沃罗涅日呢？不能排除心灵破裂的诗人在这个地名"Voronezh"的发音中找到了某种依据：在这个地名中可以听到"强盗的"（vorovskoy）"窃取的"（uvorovannyi）以及"做贼的乌鸦"（voron）、"窃贼的刀子"（nozh）等词的回声。如果我们记得押送犯人的囚车被人们称作"黑乌鸦"（chornye vorony）的话，就更能理解这个词的发音中所暗含的带有某种邪恶意味的吸引力。在苏联第一部有声电影《夏伯阳》里，那些命中注定失败的英雄唱起了一首古老的哥萨克歌曲，歌曲讲述了一只乌鸦飞来攫取猎物——一位士兵的生命的故事。这个电影是在乌拉尔地区拍摄的。曼德尔施塔姆离开莫斯科监狱之后正是被押往乌拉尔地区。在沃罗涅日期间，曼德尔施塔姆终于可以再度发声，其中几首诗正是献给《夏伯阳》这部电影的。经过一年半之久的沉默，他最初写诗的几次尝试中有这样一首诗，在该诗中他在由可怕的双关意象构成的刀锋间寻求平衡，冒险闯进了与恶毒的命运之鸟周旋的文字游戏：

> 放开我，还给我，沃罗涅日；
> 你将滴下我或失去我，
> 你将使我跌落，或归还给我。

> 沃罗涅日,你这怪念头,沃罗涅日——乌鸦和刀。

而在这些诗句的背后,正是《夏伯阳》里那首非常有名的歌曲:

> 黑乌鸦……你不会得到猎物……
> 黑乌鸦,我不是你的!

所以,曼德尔施塔姆的选择会是沃罗涅日。对他来说,一个地名一旦和他发生某种关联,就不再只是地理上的名称而已。正因为如此,他的第一本诗集的名字《石头》(1913)即暗示了他的缪斯所具有的强烈的彼得堡式(Petersburgian)的特征("petrus"一词即意为"石头")。如此看来,在曼德尔施塔姆那里,沃罗涅日活生生地(或者说自杀式地)实现了"声音—意义"层面上隐喻的扩展。不经意间,曼德尔施塔姆的选择使他向牺牲式的毁灭又迈进了一步,但也体现了开启另一段时间的生命——虽然是"偷来的"[1]——的孤绝的渴望,以去除内在的、致使自身苦难的根源。或可说,正是基于几乎准确无误的历史意识,曼德尔施塔姆在俄罗斯地图上选择了至关重要也是命中注定的地点。

---

[1] 曼德尔施塔姆认为诗是"偷来的空气"。

早在十七世纪末,彼得大帝就曾筹划让沃罗涅日成为俄罗斯通向世界的窗口,使位于内陆的莫斯科经由它而和最重要的海路交通系统相连,但这个角色后来被彼得堡承担;位于亚速海入口处的沃罗涅日造船厂,制造了俄罗斯舰队;亚速海、彼得堡、塞瓦斯托波尔、敖德萨形成了一条水路,而沃罗涅日是这条水路的起点。(具有讽刺意味的是,在苏联解体之后,沃罗涅日再次成为新俄罗斯的重要港口。)

在十九世纪和二十世纪上半叶,沃罗涅日位于俄罗斯帝国行省的腹地,以俄罗斯革命运动重要的中心之一而闻名。1879年,"土地与自由社"在此非法召开了具有历史意义的代表大会,大会成立了著名的"民意党(人民意志党)",刺杀沙皇亚历山大二世(他曾被称为"解放者")[1]正是该党恐怖活动的顶峰。"民意党"结束了俄国当局一直以来试图以欧洲式的文明方式改革俄国的努力。政府改革的政治失败,导致了下层的暴动、革命及后来斯大林的恐怖统治。在斯大林统治时期,"民意党"成员被官方认定为英雄。他们成了布尔什维克的先驱。道路以他们的名字命名。十月革命之前,曼德尔施塔姆并不认同革命恐怖分子的理想。十月革命之后,

---

[1] 亚历山大二世·尼古拉耶维奇(1818—1881),因废除农奴制而被称为"解放者"。但他对革命运动无情镇压,也导致革命恐怖主义抬头,最终于圣彼得堡被"民意党"分子炸死。

政府对"民意党"的颂扬让他烦闷。但正如他妻子的回忆录记载,在他生命的最后几年,尤其是在沃罗涅日时期,他竟不期然地对他们日渐同情起来,因为他们仅仅将自己的(不幸的是也将别人的)生命视为解放事业和农民利益的祭品。现在,诗人自己的命运似乎也被限定在土地与权力、土地与革命(犁铧致使土地倾覆)这一传统对话的背景之下。在他面前延展的俄罗斯黑色土地,饱含了对无所悲悯而又毫不妥协的"人民卫士"的记忆,他们在由个体农民组成的"公社"中看到了俄国政体的未来。应和于这首宏伟的赞歌,他们的这片大地出现在了曼德尔施塔姆的面前:"所有粉碎的部分形成了整体的合唱,/我的大地,我的自由的潮润泥土!"(《黑色大地》,1935年4月)

还在六十年代,娜杰日达·曼德尔施塔姆曾对我讲过这样一件事。三十年代初期,斯大林参观了庆祝"民意党"五十周年的展览。他走进大厅,看见了因组织暗杀沙皇而被处死的索菲亚·佩罗夫斯卡娅和热利亚博夫的巨幅画像,一下子愣住了:画像将这些恐怖分子描绘成传统俄罗斯圣徒和隐士的形象——谨严的面孔、凛厉的眼神。他们似乎在评判着后人,用刺杀在他们看来推行民主不力的沙皇时同样的冷酷无情的眼神。斯大林无法忍受他们的目光。这位集所有权力于一身的独裁者变了脸色,迅速转身走出展厅。曼德尔施塔姆听说此事,丝毫不觉奇怪：在这位暴君身上，他不会期待任何别的反应。

让我们回到三十年代的沃罗涅日。在身遭放逐的诗人眼中，这个小城似乎是个奇迹——那隆起的干燥易裂的土地，仿若在扮演波涛汹涌的大海，但毕竟土地只能模拟海的某种样子。在沃罗涅日，曼德尔施塔姆没能看见大海。他向往地中海，那欧洲文明最早的摇篮，但现在，他从中被活生生悲剧性地撕开了。他再次呼喊："啊请给我一寸海的蓝色，为恰好能穿过针眼。"（《日子有五个头》，1935年4月—6月）。然而他面前没有海，只有简陋、低矮的房舍混乱地散布在沟谷和山坡之上。这座城市看起来似被穹苍之下拥有米开朗琪罗之力的非人间力量，从富饶肥沃的地带挤到了这片荒芜之地。不论过去还是现在，沃罗涅日是大地拥有凌驾于人类之上的绝对权力的最好证明。这里的土地无羞地袒露，起伏在云层之下，浩大而富有创造力地扑面而来。由此看来，那些将土地问题作为俄国未来的关键问题、主张平均地权者的革命者来到这里并非偶然。对那些普通人来说，可能也出于同样的原因。在这里，曼德尔施塔姆生平第一次与俄国的深厚迎面相遇，与一个处在大地威权之下的地域朝夕相处。不同于多少有些欧化的彼得堡或者莫斯科，此处的威权自有一套完全不同的法则。

生活在沃罗涅日，另一种力量取代了审讯官和行刑者对诗人精神的折磨：那就是大地的力量。即便如此，住在贫民窟或破旧的出租房里，没钱，不能从事任何"文化工作"的生活，最初并没能给诗人带来自由的感觉。大地或者沉默，或者笨拙地、不连贯地表达着自己。只有进入"文明地带"，它的表达方能获得一种连贯性，那即是空间与它的词语的在场。为了重新开始言说，曼德尔施塔姆必须如同死去一般在一段时间内化为无言之大地的一部分，然后才能使语言的能量从中恣意溢出。这就是俄国民间传说中人们使英雄起死回生的方式：先用死水、然后马上用活水泼淋其身。当曼德尔施塔姆写下面的诗行时，他的脑海中显然想到了这第二次死亡——语言的死亡：

> 我不得不活着，虽然已死去过两回，
> 这个小城已被洪水弄得半疯。
> ——《我不得不活着》（1935 年 4 月）

曼德尔施塔姆正是以这样的诗打破了一年半之久的沉默。他在感受到了自身的完整、找回自我的本质的时候打破了沉默。这发生在大自然笨拙的力量和与之相异的艺术的力量在此地冲撞在一起的时候：那是 1935 年 4 月 5 日，曼德尔施塔姆参加了年轻的小提琴家嘉莉娜·巴莉诺娃的音乐会（嘉莉娜来沃罗涅日巡演），从那以后他就重生了，重新开始了诗歌创作。

二十世纪末和"民意党"走得很近的俄罗斯作家格列布·乌斯宾斯基写过一个故事：《她使我振作起来》。故事里年轻的教师雅布斯金被抛在俄罗斯遥远外省的一个村庄中。他遭遇了日常环绕于他的巨大的蛮荒和野性。他渐渐觉得无聊，情绪低落，开始大量饮酒。大地似乎要把他吞没、消化。一次酒后发烧，他猛然无比清晰地记起在巴黎卢浮宫看见古代雕像《米洛的维纳斯》时那种超凡脱俗的美丽情景。这一记忆使他的本性回归，主人公获得了重生：维纳斯使他振作起来。

和乌斯宾斯基笔下的主人公不同，曼德尔施塔姆不再年轻，他的心力和体力都日渐衰落，创作能量的迸发损害了他身体的健康。虽然内心预感到来日无多，他仍然颤抖着、义无反顾地将自己交给了艺术。在沃罗涅日的两年时间里，他创作了90首诗作（不包括大量的变体和粗略的草稿），占他全部抒情诗的近三分之一。

来自列宁格勒的流亡诗人塞尔吉·鲁达科夫，无意间充当了曼德尔施塔姆身边的埃克曼。在沃罗涅日，曼德尔施塔姆主要和他聊天。他见证了那个致人衰弱、自我毁灭式的创造词语的过程（曼德尔施塔姆最杰出的诗歌之一《黑色大地》就是口授给他记录的）。他在1935年春天的日记里写道："曼德尔施塔姆疯了一样地工作。我从未见类似的情况——我看见的是一台为诗歌运转的机器（或者说生物更为恰当）。别的人都不存在了，只剩下米开朗琪罗。他什么都看不见，什么也记不住。他四处踱步，口中喃喃有词：'绿夜的黑色蕨类'。四行诗他要说四百遍。我这样讲毫不夸张。他什么都不看在眼里。他记不住自己的诗句，他一遍又一遍地重复，拆分原来的句子，写下新的东西。"鲁达科夫经常会在日记中记下曼德尔施塔姆最惊人的诗句，对于沃罗涅日给予了这位《石头》与《哀歌》的作者一些什么，他也在日记中记下了诗人的自白：曼德尔施塔姆很肯定地说：他"一生都被迫写那些'准备好了的'（prepared）东西，但沃罗涅日第一次带给了他打开的新奇（open newness）和直接性（straightness）……"。（他"振作起来"了！）

总的来看，曼德尔施塔姆的沃罗涅日诗歌呈现为一个开放的系统。即便外观上它们给人以混乱的印象，彼此分立的诗歌自成一格，乍看之下还有很多省略和未完成的片段，但它们的确创造了一个独特的、统一的艺术整体。和传统经典不同，它们不以对称或对位，也不以主题的循序发展为基础，而是以几个语义主题（既是节奏上的也是语音上的）或主旨的有机协同发展为原则，这些主题在不同的语义和感情的调位上同时向前发展。这些诗总计分成三个系列，组成了所谓的《沃罗涅日笔记本》。《沃罗涅日笔记本》第一辑收录创作于1935

年4月至8月间的22首诗作。第二辑收诗最多，超过40首，创作于1936年末到1937年初（从12月6日到2月末）。最后一部，也就是第三辑（1937年3月到5月初）和第一辑收录的数量一样，也是22首。[1]

在每一本笔记中，那些诗都可以从典型的中心或者从扭结的文本或文本组合中抽离出来单独来读，基本的主题就浓缩于其中。那些相对次要的、"过渡性的"、看起来偶然为之的诗作其实也占有重要地位。它们在中心之外，给人以粗糙的、草成的诗歌变体的印象，但在每个集子内，它们构造了至关重要的语言背景，构成了感受力的确定的声音以及言语的原生质，沃罗涅日时期最杰出的作品也就由此诞生。以这种方式，诗歌语言的形成过程和最终诞生就显露了出来。那些看似随意的诗歌残篇将沃罗涅日诗歌总体上高昂悲壮的音调频频下拉，精确地拓展了表达的上下文语境和情感幅度。对两首诗歌的比较足以说明这个问题，一首是《我被葬入狮子的窟穴和堡垒》，在这首诗中诗人将自己视为先知但以理，被投入燃烧的深渊和足以致命的洞穴中；另一首是即兴之作，离开总体的语境根本无法解读，但里面包含了诗人对自身形象的戏谑：

---

[1] 因《沃罗涅日笔记本》版本众多，数量与本书收录诗歌数量略有出入。本段依原文译出。

> 这就是为什么这条街，
> 或者干脆说，这条排水沟——
> 在奥西普·曼德尔施塔姆死后
> 以他的名字命名。
>
> ——《这是一条什么街？》
> （1935年4月）

这一比较清楚地表明，对曼德尔施塔姆来说，互补性是一个多么重要的原则，精心设计的、并非总是那么易于捕捉的诗歌间的互文性联系又是多么紧密。

曼德尔施塔姆之所以选择创作上的断裂或片段的精确性，也许正是因为受到陌异的艺术空间的气息的激励，他的创作过去一直是在某种宏大文本的界限内、在早于他之前就已形成和被梳理的框架之内进行的。世上已然存在着那些"准备好了"的东西，它们的力量强大。沃罗涅日时期的大部分诗歌以这样或那样的方式触及了欧洲文化的高级艺术，曼德尔施塔姆察觉到它们是作为一种同族性的、整体性的教化。在沃罗涅日，他思念理想的欧洲文明，不论是匈牙利还是波兰，或者文艺复兴时期的意大利、巴比松画派[1]笔下的法国、巴赫的德国、古代希腊，抑或属于他的彼得堡——彼得堡的冬日风光

---

[1] 巴比松画派为十九世纪活跃于法国的风景画派，以写实手法表现自然的外貌，并致力于探索自然界的内在生命。

就曾一次次地出现在沃罗涅日诗歌之中。但与此同时，对他来说，世界已经终结，在某种意义上成了阴影的所在，类似于古埃及人眼中的西方。世界是一本已经写就的书，在书页的上方他写下自己的笔记，向欧洲文明最初的形式投去迅疾即逝、看似偶然为之的当下印象。对他来说，这种写作过程本身才是最重要的事情，一份创造性的，并且富有伦理意义的语言的劳作。

但就曼德尔施塔姆的晚期创作而言，"写作"一词可能并不适合。在沃罗涅日期间，他不是将诗歌"写出"，而是说出、喊出，即发出诗歌的声音。这一时期的诗歌文本大部分是由他的妻子根据他的口授记录下来的，所以在阅读时偶尔会出现不一致甚至彼此矛盾的变体现象。这样的诗歌存在于声音中、语言的运作中，以及语言中原生质的彼此融汇中。它排除了语言系统内存在的线性逻辑。诗人往往会对诗歌不加区分：大段的诗行在几乎不做文本变化的情况下从一首诗被移到另一首诗中。但就感觉的极端变化而言，它们的确随着新的诗歌一起变化，直至辨识不出，并依附于新的语境。曼德尔施塔姆总是在家外面的什么地方念出自己的诗，在墙外面的"空气中"，他把头向后高高扬起，滑稽而又骄傲，然后一头冲下沃罗涅日蜿蜒曲折的小街巷里。只有一次，也就那么一次，他坐在写字台前，"像其他人一样"写诗。出于极度的绝望，或者被一个新的艺术问题吸引，那次他创作出了不仅让同代人，也让后人困惑的《斯大林颂》。不能排除的是，诗人之所以坐在桌前首先基于对这种文体的感受力：颂诗庄严而富有可塑性的艺术形式，使诗人不至于在可怕的苏联外省城镇里那些沉闷的后街上四处乱窜。

目击者对诗人奥西普·曼德尔施塔姆的描述——这些目击者虽然与诗歌比较疏远，但对在他们家乡街道上的那位狂野诗人却记忆犹新——这使人想起质朴的匈牙利农民是怎样看作曲家约翰内斯·勃拉姆斯。他们目睹着这位奇怪的作曲家连续多日漫无目的地在田野和草地上狂跑，唱歌，打口哨，喃喃自语，时而模仿鸟叫，时而疲惫得晕倒——那疲惫源自一种丰沛，一种由满溢的音乐元素和原初的、虽未成形但又极富创造力的混沌状态所汇成的丰沛。曼德尔施塔姆也曾是这样的小城疯子。沃罗涅日街上的孩子们甚至当面嘲笑他。在街上当地人喊他"将军"。这个绰号绝佳地将具有细微差别的两个方面结合了起来：一方面是俄国民众对"有学问"的疯子本能的崇敬；另一方面是对诗人作为"局外人"和阶级敌人的无情的社会化描述，这已近乎谴责（在三十年代，"将军"一词并不用来指苏维埃指挥官，而是用来指"之前的人""白军"分子或苏维埃政权成立之前的人）。

曼德尔施塔姆认为自己是一只鸟，一只会唱歌的鸟：一只笼中鸟。沃罗涅日春日里让人沉醉的空气也不过是笼子。即使找回了声音,诗人的身体也无法承受在他面前展开的精神的自由。这种鸟儿般的脆弱的自由只能出现在童年,让他不禁想起世界第一次呈现在他面前的日子:

> 孩子气的嘴喙啄着谷壳,
> 它微笑,当它啄着。
> 像个纨绔子弟我扭过我的头[1]
> 看着这只金翅雀——

没有什么比"嘴中的谷壳"更能成为一个不连贯的最初词语的发音,它透出特有的真纯,没有染上一位局外人带敌意的弦外之音。"局外人的话语也是笼子、谎言、虚构和诽谤"(处在"大恐怖"年代的历史语境下,"诽谤"这个词是每一次政治审判的普遍用语。曼德尔施塔姆本人被捕之后,也面临着"诽谤苏联政治制度"的指控)。然而在曼德尔施塔姆看来,"诽谤"的一个真正来源,正是笼子本身,即被强权合法化了的不真实的价值体系:

> 他诅咒那谎言的围栏笼子,

---
[1] 克里武林认为,这句诗里也渗入了诗人对自己童年的回忆。(维克托·克里武林《沃罗涅日的乌鸦和刀》)

主轴和横条就是那些流言蜚语,
世界完全由内而外进出。

在一个完全颠倒的世界,曼德尔施塔姆认为言语(speech)——而非作为预设系统(prepared system)的语言(language)——才是最后的真实。正是言语有机的、无法被打断的特性,产生了"个体呼吸方程式"。这个方程式如同指纹一般,无法复制,为个人所专属。诗人通过发出自己的"呼吸的方程式",为他人说话:为那些默默无声的人、寂寂无名的人以及不为人知的人,正是他们保持了言语的纯粹的、未被实现的潜能(例如他那组预言性的《关于无名士兵的诗》所表现的)。他将"言语"提高到了语言的高度。一个人能够剥夺诗人的语言,能够强迫整个国家使用一种虚假的、意识形态化的、苏维埃的"新语言",但却无法从人类的嘴中夺走活生生的声息:

你们夺去了我的海我的飞跃和天空
而只使我的脚跟勉力撑持在暴力的大地上。
从那里你们可得出一个辉煌的计算?
你们无法夺去我双唇间的咕哝。

——《你们夺去了……》
(1935年5月)

人们总想在曼德尔施塔姆身上看到一位一贯地、出自良心反抗极权统治的战士形象，或者至少把他看作是一位因怀抱西方式的自由人本主义理想而遇难的受害者（这种看法的依据与其说是在诗人的诗作中，不如说是在诗人的生平经历，尤其是最后的悲剧结局里）。许多由衷热爱并能细心理解曼德尔施塔姆诗歌的人，都倾向于将《诗章》和《斯大林颂》排除在他的创造性遗产之外。以新时代为背景，这些诗现在被一些人认为是诗人一时脆弱的表现，是诗人的恐惧——从人性的角度，这是可以理解的——以及希望适应现存秩序（虽然是卑鄙和可怕的）的产物。阿韦林采夫院士是位可敬的学者和诗歌专家，曾写过曼德尔施塔姆诗歌和生平方面的研究文章，他也深信"写作《斯大林颂》只能使他（曼德尔施塔姆）心智晦暗，是对他天才的自我毁灭"。他没有提及《诗章》，虽然它是诗人沃罗涅日期间重要的作品之一。而另一方面，那些斯大林的前支持者们在二十世纪七十年代急切地转向了曼德尔施塔姆的"效忠"之作，在其中看到证明布尔什维克主义思想力量的可能性，认为布尔什维克主义"改造了"（一个二十世纪三十年代的政治术语，主要指改变知识分子、农民和罪犯）苏维埃政权如此顽固的敌人——作为"大资产阶级的歌唱者"的奥西普·曼德尔施塔姆。正因如此，一个党的文化要员迪姆希茨（A. Dymshits）在1973年出版的曼德尔施塔姆死后第一本诗集的序言里对读者写道：即便经过了很长一段时间的摇摆，诗人还是认识到了他与"新生活"辩诘中的错误，只是那个不幸的意外[1]致使他不能加入苏联诗人赞美"社会主义祖国"的大合唱。这位批评家引用了《诗章》这首在他看来足够说明问题的诗，比如下面的诗句：

> 我爱这红军样式的外套……

或者

> 我不得不活着，呼吸，布尔什维克化，

或者

> 而宁愿作为一个个体农民走向世界，
> 走向集体农庄——人民待我善良。

如果将这些诗句放回原文语境，至少可以明显地看出它们并不具备单一的含义，但意识形态的文学拥护

---

[1] 指曼德尔施塔姆死于集中营，虽然迪姆希茨对此并没有明确说出。——原英译注

者们却无法领会它们丰富的意思。人们应记得曼德尔施塔姆三十年代的诗歌不同寻常地充满了政治术语。杂志、书籍、广播的宣传和参加无数的会议所形成的压力，每天都在将一系列特定的社会学概念注入人们的头脑。诗人不可能不感受到这些。有的人可以堵上耳朵、闭上眼睛，但让人感到不解的是，曼德尔施塔姆基本上对外界保持敞开。环绕着他的意识形态因素被不自觉地吸收进他以语言为原料的工作中，他把它们当作生活提供的自然材料，用以表达他的不为国家意识形态的捍卫者所觉察到的纯粹的美学目的。他剔除了在苏联意识形态中处于中心地位的概念的定义及其被强加的单一性，而将它们放入具有新奇色调的语言环境，从内部瓦解了它们的原有含义，以便把它们纳入专属于他的诗歌语言体系的语义层面和联想层面。他在俄国古典文化甚至更广泛的世界文化的背景下思考它们，同时通过使它们从属于更广泛的法则和标准的方法来消解对它们精神的桎梏。

迪姆希茨提供的任何一个例子都可以用来说明这个过程。比如在"我爱这红军样式的外套……"这句诗的背后，存在着一个复杂的文本之外的隐喻，将读者带回到了丘特切夫经常被选用的一首诗"我热爱这五月初的风暴……"，在曼德尔施塔姆的《诗章》里，红军的大衣确实被比喻成了产生风暴的乌云（"裁剪得就像越过伏尔加河的雨云"）。《诗章》写于1935年5月，描述的是五一节的游行，将大自然浪漫但也恐怖的表情

("风暴")与苏维埃主要节日里恶狠狠的、庆祝的狂喜进行了对比。《诗章》是一个经典题目,还让我们想到了普希金,他的同名诗作不无奉承地将沙皇尼古拉一世和彼得大帝相提并论,一时间成了忠君抒情诗的最佳范本。普希金的《诗章》发表之后,一些拥有自由思想的民众离他而去。如果我们记得这些,曼德尔施塔姆此诗的隐喻意义就会被进一步拓展。

事实上,通过比较自己与普希金的命运,曼德尔施塔姆提出了一个诗人的权利问题,即将国家作为一个美学范畴,而不是作为帝国的或政治的现实。这一美学范畴可以引发类似于罗马的恢宏给予她的崇拜者的那份狂喜。非但如此,这一文本之外的隐喻还走得更远。第一首《诗章》的作者(普希金)唯美地描绘了由彼得一世所创立的帝国的繁荣和强大,这个帝国在一百年后被布尔什维克所推翻,而他此后也被划归为主要的为布尔什维克所颂扬的诗人,就如同恐怖的"民意党"所享受的待遇一样。他的诗歌世界就这样被挪移到一个迥异的历史环境,而更为诡异的,是在全国范围内举行的他的周年纪念(1937年2月)——普希金逝世100周年纪念——竟然在"大恐怖"时代血腥的背景下轰轰烈烈地展开了,而周年纪念委员会的成员,除了学者、作家,还有行刑者、NKVD[1]的将军们以及苏共要人。

---

[1] "NKVD"为内务人民委员部的缩写,是二十世纪三十年代苏联"大清洗"的主要执行机关。

在《沃罗涅日笔记本》中,《诗章》之后的诗便是《日子有五个头》,诗里直接提到了普希金的名字——这位诗人已经被布尔什维克分子盗用了。据娜杰日达·曼德尔施塔姆的回忆录记载,在押送被流放的曼德尔施塔姆一同前往乌拉尔的卫兵中,有一位拿着一卷这位伟大的俄国诗人的诗集不停地朗读。这位卫兵对热爱自由的天才诗人受到了沙皇政府的迫害非常气愤,却根本没有意识到他自己就是另外一位尚活着的伟大诗人的看守,这使他对《波尔塔瓦》《青铜骑士》当然包括(第一首)《诗章》的作者那份发自内心的同情,显得多么荒诞和富有黑色幽默的意味。曼德尔施塔姆和普希金之间奇特的邂逅,从下面的诗行里可以寻到其踪迹:

> 为的是普希金的无价之宝不落入寄生虫
> 的手中。
> 一代普希金学者穿着军大衣挎着左轮手
> 枪发愤
> 写和读——
> ——《日子有五个头》
> (1935年4月—6月)

难道不是这样的邂逅促使曼德尔施塔姆创作了他自己的《诗章》,并强迫他从旁打量自己,并打量那些在被捕和流放之前对他来说似乎还无可动摇的自由价值观吗？对此我们只能猜测。

即便是本国的资深俄语专家也难以完全充分地解读曼德尔施塔姆。我们只能猜测他诗歌的深度、联想的规模以及由此而衍生的东西。他宏大的、谜一般的诗歌创作的总体轮廓，仍处于厚厚迷雾的遮蔽之中，对此我们只能审视深思。但是主题和感觉的沉重、言语材料的稠密，使我们相信呈现在我们面前的，既不空洞，也非虚构，而是真实本身。当迷雾消散之时，在俄国自身的历史进程中，诗人的许多看似疯狂或者含混的洞见成为现实。就《沃罗涅日笔记本》系列而言，它们不仅依然会保持其真实感和迫切性，而且在它们背后，我们将看到俄国甚或欧洲历史上一页崭新的、从未被阅读的篇章。

1993年，圣彼得堡

（王家新 李昕译）

给曼德尔施塔姆的最后一封信[1]

[俄] 娜杰日达·曼德尔施塔姆

奥夏,我心爱的,我遥不可及的爱!

我要写什么,我亲爱的,写这封你也许永远也读不到的信。我写进空无的空间。也许你会回来,发现我已不在这里。那么这会是你留下的对我的全部记忆。

奥夏,我们在一起的日子是多么开心啊,像两个孩童——所有我们的吵嘴和争执,我们玩的游戏,还有我们的爱。现在,我甚至不能看天空。如果我看见一朵云,我能把它指点给谁看呢?

还记得吗,我们带回我们的供应品,在我们流浪汉似的小棚屋里举办我们可怜的宴会的情景?还记得我们奇迹般弄来面包后我们一起吃时的那喷香的味道吗?还有我们在沃罗涅日的最后一个冬天。我们幸福的贫困,

---

[1] 娜杰日达·曼德尔施塔姆以这封信最后结束了她的《被弃的希望》(*Hope Abandoned*)。理查德·麦凯恩所译的曼德尔施塔姆的《莫斯科与沃罗涅日笔记本》(*The Moscow and Voronech Notebooks: Poems 1933-1937*)也把它作为最后附录。

和你写下的那些诗。我记得有一次我们从公共浴室回来，当我们买鸡蛋或是香肠时，有一辆满载的干草车经过。我冻得直哆嗦，只穿着短外套（但是没有像现在我们必须忍受的那样了：我知道你该有多冷）。那一天又回到了我这里。我清楚地知道了，带着来自它的痛楚，那些难挨的冬天的日子，其实是生命中赐予我们的最珍贵，也是最后的幸福的时光。

我的每一个思虑都关于你。我的每一滴泪每一个微笑都是为了你。我每一天每一刻都在为我们在一起的苦涩日子祈祷，我的甜心，我的伴侣，我生命的盲眼向导……

像两个失明的幼犬，我们在一起，相互摩擦，那感觉是多么好。你的可怜的额头是如何发烫，我们为消磨我们的日子是如何发疯。那曾是多么欢愉，而我们从来就知道那是怎样的欢愉。

生命可以持久延续。对我们每一个人来说，独自去死是多么艰难和漫长。这会是我们这不可分离的人的命运吗？如同幼犬和孩童，我们命该如此吗，我的天使？每一样事情照样进行。我什么都不知道。但我知道每一样事情——你生命的每一天每一刻对我来说都是如此地清晰可见，如同在谵妄中。

你每天夜里都来到我的梦中，而我总是问你到底发生了什么，你从不回答。

在我最后的梦中，我在一个又脏又乱的旅馆餐厅里为你买了些食物。那里的人们对我完全陌异。当我买好之后，我才意识到不晓得该把它带向哪里，因为我不知道你在哪里。

当我醒来后，我对舒拉说："奥夏是死了。"我不知道你是否还活着，但自从做了这个梦以后，我就失去了你的行踪。我不知道你在哪里。你听见我了吗？你知道我是如何爱你吗？我还从未告诉你我是如何爱你。我甚至现在也无法诉说。我只是对你讲话，只是对你。你会一直和我在一起，而我这个任性又爱发火的人，从来都学不会哭泣的人——现在，我哭，哭，哭。

这是我：你的娜佳。你在哪里呀？

永别了。

娜佳

1938 年 10 月 22 日

（王家新 译）

曼德尔施塔姆在沃罗涅日 [1]

[俄]娜塔雅·施坦碧尔

***

……我记得很清楚,那是1937年的夏天,阴凉花园里一栋高大的白房子,当时艾玛·格斯坦[2]所住的,一个细长的房间,门右边的餐桌,屋子内的书桌。

带我到这里来的是奥西普·埃米尔耶维奇·曼德尔施塔姆。我们站在桌旁,也不知道为什么站着边喝酒、边吃奶酪。奥西普·埃米尔耶维奇生气勃勃。那时是他重获"自由"的头几个月。

1937年5月,曼德尔施塔姆获准离开沃罗涅日。莫斯科无处可住,并且不再有居住证。奥西普·埃米尔耶维奇和娜杰日达·雅科夫列夫娜夏天居住在萨维洛沃。暑假期间,我去看望了他们。

---

[1] 译自 P. Nerler 编辑的《奥西普·曼德尔施塔姆在沃罗涅日:逝世七十周年纪念版》(莫斯科,2008年),为节译。
[2] 艾玛·格里戈里耶夫娜·格斯坦(Emma Grigorievna Gerstein, 1903—2002),文学批评家。

我把丈夫留在莫斯科,一个人去了萨维洛沃。我到了他们所在的街道和房子,透过窗户看到了奥西普·埃米尔耶维奇。他神秘地将手指伸到嘴唇上,无声地来到我的身边,吻我,然后带我走进了屋子。娜杰日达·雅科夫列夫娜也很高兴我的到来。

时间过得飞快。我曾向丈夫保证了晚上会回莫斯科,但曼德尔施塔姆夫妇十分反对。"我们给他打个电报,说你早上回去。"奥西普·埃米尔耶维奇高兴地说。

我和奥西普·埃米尔耶维奇在伏尔加河沿岸的树林中漫步了半夜,娜杰日达·雅科夫列夫娜没有来。奥西普·埃米尔耶维奇给我讲了他们离开沃罗涅日后这两个月的生活,还读了所写的新诗。这些诗在最后一次搜查和逮捕期间丢失了。娜杰日达没能像熟记曼德尔施塔姆那些沃罗涅日诗篇那样背诵下它们。只能寄希望于奇迹了——它们能保存在 NKVD 档案中的某个地方,但是这种事情会发生吗?

当我们半夜回家时,娜杰日达已在地板上铺好了床,都没有什么东西给每个人分开铺的,所以我们就并排躺下。很硬,不舒服,但是并没有让我们难受……

***

奥西普·埃米尔耶维奇想把我介绍给他的朋友,

因为在沃罗涅日他没有这个机会。首先，曼德尔施塔姆夫妇带我到什克洛夫斯基[1]夫妇的家里。据娜杰日达·雅科夫列夫娜的说法，这几乎是唯一在奥西普·埃米尔耶维奇流亡沃罗涅日期间接待过他们的家庭。维克托·什克洛夫斯基穿着短裤迎接了我们，这让我有点吃惊。但其实天真是热得让人受不了。

维克托·鲍里索维奇给我的第一印象：一个开朗的圆形人物，圆圆的，非常圆的头，圆圆的眼睛，快乐就这么火花飞溅。谈话时，他一直妙语连珠。

后来，在奥西普·埃米尔耶维奇死后，我经常去他们那儿。娜杰日达·雅科夫列夫娜总是住在那里，好像那就是她自己家似的。

知道了我对帕斯捷尔纳克的诗感到钦佩，奥西普·埃米尔耶维奇决定带我去见鲍里斯·列奥尼多维奇（他所热爱的）。但是帕斯捷尔纳克不在莫斯科了。我们就去了尼古拉·伊万诺维奇·哈尔基耶夫[2]的家。他的屋子里，从地板到天花板的一整堵墙都被一个巨大的书架所占据。这是二十世纪初的诗人们的绝妙丛书。我无法放下那些书。在我们的交谈和阅读过程中，奥西

---

[1] 维克托·鲍里索维奇·什克洛夫斯基（Viktor Borisovich Shklovsky，1893—1984），文艺学家、作家，俄国形式主义批评学派的创始人和领袖之一。
[2] 尼古拉·伊万诺维奇·哈尔基耶夫（Nikolai Ivanovich Khardzhiev，1903—1996），现代文学和艺术史学家、收藏家。

普·埃米尔耶维奇好像陷入了沉思。

跟奥西普·埃米尔耶维奇和娜杰日达一起去看他们的朋友和熟人，或者只是在莫斯科四处闲逛，对我来说是十分有趣的。但是他们在这里没有自己固定的栖身之所的处境，也造成了一种焦虑不安的感觉，某种虚幻的、暂时的生命。他们在沃罗涅日至少有住房，而这里呢，无论是房屋还是工作都没有。然而，我还是充满了喜悦，带着这里留给我的许多印象，回到家，回到沃罗涅日。

***

在寒假期间，我又去看了曼德尔施塔姆夫妇几天。他们住在加里宁郊区。我回想起那被雪覆盖的街道，大雪堆，几乎是空旷的、寒冷的房间，一点舒适的感觉都没有。这个房间里的居民显然没有定居感。住房和处所被认为是暂时的，偶然的。他们也没有钱，仅仅够买食物。但主要的是——对事物、衣服的淡然的态度，在我看来，缺少它们并没有使人扫兴。

我记得奥西普·埃米尔耶维奇这次穿的灰色西服完全不合身，那是别人送给他的，更确切地说，是给他的。麻烦的是裤子——它很长。奥西普·埃米尔耶维奇不得不挽起几道，但裤腿一直都在往下掉，所以得不时停下来重新挽起。但这并不烦人，似乎也形成了一种自动反应。不知为什么，从来没有人想到可以将裤子剪裁和缝制一下。

我的到来似乎让曼德尔施塔姆夫妇高兴。他们在这里像在沃罗涅日一样僻静地生活。

娜杰日达让我们去市场买肉。这个想法真是够荒唐的了。那时我根本不做家务，从未买过肉，生肉使我恶心。奥西普·埃米尔耶维奇在这类事上也熟悉不了多少。

我们绕着柜台逛了够久，柜台上放着一块块肉，不知买什么。奥西普·埃米尔耶维奇显然对这个差事感到厌倦。我茫然环顾四周。"娜塔莎[1]，娜塔莎，快过来！"——他喊道。我过去了，他站在一个卖腊鸭的女人旁边：红色的，绿色的，黄色的腊鸭。"咱们买下所有的小鸭吧。"肉的问题似乎就解决了。娜杰日达并没有怪我们，也没有冲淡我们的愉快心情。她是否喜欢小鸭，我都不记得了。

***

我告诉奥西普·埃米尔耶维奇我和鲍里斯分手了，他很伤心。他责怪我没有立即告诉他，表达一下与他交

---

[1] "娜塔莎"为娜塔雅（Natalya）的昵称。

谈的愿望，但随后他冷静下来，说他很清楚我们为什么分开："鲍里斯没有能力感到你所带来的喜悦。"

但是，显然奥西普·埃米尔耶维奇没有完全冷静下来。后来，回到家里后，我几乎每天都收到电报；我不记得它们的内容，好像是曼德尔施塔姆夫妇邀请我去沃罗涅日。

这一直持续到我母亲恳求我终止所有这一切：毕竟，电报几乎都是在凌晨五点发来的。奥西普·埃米尔耶维奇可能是在深夜的同一时间发送了它们。

***

……我们从莫斯科又回到了加里宁。没想到这是我与奥西普·埃米尔耶维奇的最后一次会面。在严寒天气里，我们经常散步。奥西普·埃米尔耶维奇告诉我：你知道了吧，如果你感到难受，发个电报就行了，无论我们在哪里，我们都会立即赶来。

我就这样用一辈子记住了1938年的冬天，被雪覆盖的加里宁，一位如此奇怪的诗人以及他忠实的朋友娜杰日达·雅科夫列夫娜。在我去加里宁访问的期间，她尤其忧郁——连她在沃罗涅日时都不是这个样子，她似乎感到了悲痛结局的接近。

***

1938年5月1日,在一个奥西普·埃米尔耶维奇和娜杰日达·雅科夫列夫娜都拥有疗养证的休养所,曼德尔施塔姆再次被捕。随后,据悉,9月9日(四个月后),奥西普·埃米尔耶维奇被送到营地拘留所。这次娜杰日达不再被允许陪同他。通过曼德尔施塔姆的弟弟舒拉,她收到了奥西普·埃米尔耶维奇从符拉迪沃斯托克附近的中转营发来的一封信,请求寄送包裹。

她马上就送出去了,但是奥西普·埃米尔耶维奇来不及收到。钱和包裹被退回来了,"因为收件人已死"。

娜杰日达在一封信中告诉了我。天哪,我一下子哭了!我从未如此痛哭过。那时我是为他作为一个人,而不是为他作为诗人而哀悼,一个写了那么多,但在还没有完成时,生命就被强行割断了的诗人……

我根本无法想象一个没有娜杰日达的奥西普·埃米尔耶维奇。他在日常生活中多么无助。悲伤和怜悯使我的心头发紧。我意识到我失去了一个朋友,一个多么忠诚的朋友,不管我们是否会再次见面,也不管我们多久不见。

而现在没有了他,永远也不会有了,也没有任何人可以呼唤。

娜杰日达讲到奥西普·埃米尔耶维奇之死的信中,

有些词无意义地用红墨水加了划线，随后她的信件中也是这样做的。

***

又是沃罗涅日了，我的家乡，熟悉而难以感知，像空气一样。但是它现在的触碰是多么痛；没有了曼德尔施塔姆，它就成了死体。去上课对我来说变得非常难，其实不仅仅是上课，活着就很难。

那么这一切是如何，如何开始的？

***

……娜杰日达·雅科夫列夫娜有点惊讶地迎接了我——显然，曼德尔施塔姆夫妇不习惯接待客人——并带我进了房间。奥西普·埃米尔耶维奇站在房间中间，好奇地看着我。我感到非常尴尬，就喃喃地谈起了塞尔吉·鲍里索维奇[1]。"啊，这就是他所躲藏的人！"——曼德尔施塔姆调皮而愉快地喊出。一切马上就变得轻松、自然了。我记得我热情洋溢地讲到了我的夏天印象，谈

---

[1] 塞尔吉·鲍里索维奇·鲁达科夫（Sergey Borisovich Rudakov, 1909—1944），流放在沃罗涅日的彼得堡诗人，第一次给娜塔雅介绍了曼德尔施塔姆。1936年时他差不多每天都去看曼德尔施塔姆。

到赫列诺沃斯基马场、在大草原上自由生活的奇妙的奥尔洛夫快步马,勇士们的拜雪龙重轭马以及贵族的饲马员。奥西普·埃米尔耶维奇非常感兴趣地听我谈。我还记得他问我是否背诵过他的任何一首诗。我的回答是肯定的。"请读一下,我很久没听过我的诗了。"他忧郁地说,并立即变得严肃起来。不知道为什么,我读了《石头》里的一首。天哪,奥西普·埃米尔耶维奇多么恼火。他成了愤怒的化身。如此剧烈的反应,如此意想不到的心情变化让我震惊。我不知所措。从他的叫喊之中我唯一记得的是:"你读了我最烂的诗!"我流着泪说:"您写了它也不是我的错。"这话立刻让他安静了下来,看来他甚至后悔自己发了火。这时娜杰日达·雅科夫列夫娜插嘴说:"奥夏,不要对娜塔莎这样。"她让我坐在床上,抚摸着我的头,像对小孩子一样,并送给我一张法国印象派专辑。

曼德尔施塔姆夫妇多次邀请我来他们家。我以为他们只是出于礼貌。那时我还不了解奥西普·埃米尔耶维奇,不了解他永远不会出于礼貌做某件事或说某种话。他是一位极其真实的人,他也可能会非常尖锐(取决于他的内心状态)。

我记得有一次奥西普·埃米尔耶维奇刚写了一首诗,心情十分紧张。他从屋子里冲过马路到城里的电话亭,拨打某一个号码后开始读诗,然后愤怒地对某人大喊："不，听吧，我没有其他听众的！"我在旁边站着，什么都不了解。原来他是给NKVD的监控人员读的。

奥西普·埃米尔耶维奇一直是在做他自己，他的不妥协态度是绝对的。安娜·阿赫玛托娃也写道："在沃罗涅日时期，出于非纯粹的动机，他们让他阅读一份关于阿克梅派的报告。不应忘记他在1937年所说的话：'我不放弃活着的人，也不放弃死者[1]。'"

有一天，我母亲说："娜塔莎，你经常去曼德尔施塔姆夫妇那里。你是否好好考虑过可能会有的后果？"我什么都没说。我和母亲在夜晚一遍遍地倾听着车的声音，听它停在哪儿了。

但是我不能不去看曼德尔施塔姆夫妇，连有这个想法都让我感到羞愧。害怕了吗？！

我继续去看他们，但什么也不告诉家里的人。也没有人问，所以不必说谎。过了一阵子母亲说："女儿，我知道你去看了曼德尔施塔姆夫妇，你不用沉默和难过，因为我也会做一样的事。请他们来我们家吧。"

从那时起，奥西普·埃米尔耶维奇和娜杰日达·雅科夫列夫娜开始来我们家。这个问题再也没有出现过，也没有谁在意。母亲一直想好好对待他们；她一向非常热情好客，爱人们。

---

[1] "死者"指的是尼古拉·斯捷潘诺维奇·古米廖夫。

奥西普·埃米尔耶维奇反复说过:"娜塔莎掌握了友情的艺术。"我认为这不是说我,而是说我的母亲。

母亲很同情曼德尔施塔姆夫妇的状况。但喂饱奥西普·埃米尔耶维奇却很难,他对食物无动于衷,就像他对其他事物无动于衷一样。他吃得很少,我不记得奥西普·埃米尔耶维奇有安静地坐在餐桌旁的时候。他总是随便地端着一杯茶围绕着桌子走动,读诗,还问母亲:"您喜欢吗,玛丽亚·伊凡诺夫娜?"

他在家吃饭也是这个样子。他吃饭时一定会同时做其他的事。不过,当有了钱时,他也喜欢跟娜杰日达一起去最好的商店,买各种美味的东西,然后我们就一起共享"盛宴"。

***

过后不久,曼德尔施塔姆夫妇搬到了另一间公寓。他们在"小石头"的一层租了一个戏剧服装裁缝的房间,裁缝是跟老母亲以及上二年级的儿子在一起住的。里面没有便利设施和炉子供暖,但是房子的位置非常美。房子前面的大片场地种着巨大的杨树,杨树朝四面八方撑开着强大的树枝;附近也没有其他房子,很难相信这是在城市中心。

曼德尔施塔姆夫妇的房间一个窗朝向场地,另一个窗朝着庭院,奥西普·埃米尔耶维奇早晨被一只公鸡折磨,天一亮它就开始直接向窗户打鸣。这只公鸡太折磨奥西普·埃米尔耶维奇了,以至于他甚至给去莫斯科办事的娜杰日达写了封关于它的信:"我给你看看那英俊的公鸡,从凌晨四点到六点它叫了三百遍了。小猫的'绒毛'也到处飞。柳树也是绿色的……"

房间的装饰与以前的房间没有太大区别:两张床,一张桌子,一个怪诞的黑色长书柜。里面确实藏着奥西普·埃米尔耶维奇丢不开的那几本书:他最喜欢的但丁《神曲》的意大利语旧版书,彼特拉克诗集的原文版,德语版的克莱斯特和诺瓦利斯的诗集,绘画和建筑专辑以及其他书籍。

我和奥西普·埃米尔耶维奇研究过这些专辑,有一次基于对(法国)兰斯和拉昂的哥特式大教堂的印象,曼德尔施塔姆写下了一首诗:

> 我看见一个垂直站立的湖,
> 鱼群与一朵凋残的玫瑰嬉戏
> 在轮子下,营造着淡水房,
> 而狐狸和狮子在独木舟上争斗。[1]

---

1 见《沃罗涅日笔记本》第三册《我看见一个垂直站立的湖》。

奥西普·埃米尔耶维奇和娜杰日达·雅科夫列夫娜来到我工作的实验室时，曼德尔施塔姆把它读给我听。把新写的诗读给我（也没有其他人听）成了奥西普·埃米尔耶维奇的习惯。如果我不来他们家，他们会来我家或实验室。除了自己的诗外，奥西普·埃米尔耶维奇还经常给我读他最热爱的（外国）诗人的诗：虽然我不懂那些语言，但是那印象却是难以言传的美妙。

***

我记得很清楚奥西普·埃米尔耶维奇给我的第一印象，脸部紧张，经常是一副沉思的表情，头部向后仰着，（身子）挺得很直，几乎带有军人的感觉，这太令人注目了，以至于有一次男孩们大声喊："将军来了！"他手里一直握着一根拄杖，他从来没有拄过它，它只是挂在他的手腕上或是在某些情况下才使用，他还穿着一件旧的、很少熨烫的西装，他的身体却看上去很优雅。外观独立而随意。毫无疑问，他引人注意——他生来就是诗人，对此无须多说。他看起来比他的年龄大得多。我一直有一种感觉，更准确地说，是一种信念，即从来没有像他这样的人。他自己也在诗中写道下"不要比较：活着的人不可比拟"。我总是惊讶地看着他，而这种强烈的新颖感一直没有消失。奥西普·埃米尔耶维奇从未抱怨过生活状况和条件。他对此还进行赞美：

> 你还活着，你还不那么孤单——，
> 她仍和你空着手在一起。
> 大平原足以让你们愉悦，
> 它的迷雾、饥饿和暴风雪。
>
> 富饶的贫穷，奢华的匮乏，
> 你们安然平静地生活。
> 被祝福的日子，被祝福的夜，
> 劳动的歌声甜美、纯真。[1]

***

有一次我同情地谈到了塞尔吉·鲍里索维奇，他生活得那么痛苦，要是在其他条件下他能写很多东西。没想到奥西普·埃米尔耶维奇会发火。"胡说八道，"他尖锐地说，"如果你有话要说，你在任何情况下都说出来，写一本而不是十本无聊的书。"

他没有每个人都会有的小小的日常欲望。曼德尔施塔姆和汽车、避暑别墅或光鲜的生活设施之类是完全相

---

[1] 见《沃罗涅日笔记本》第二册《你还活着》。

逆的，不兼容的。但是他却很富有，像童话王子一样富有："平原的呼吸奇迹"，"在四月里静静泛绿"的黑土以及"雪球，槭树，小橡树的母亲"的土地——一切都属于他。

> 我已准备好走向可拥有更多天空的地方，
> 但是这明亮的渴望现在已不能
> 将我从尚年轻的沃罗涅日山坡
> 释放到明亮的、全人类的托斯卡纳拱顶[1]

他可以很迷恋地停在一篮子春天的紫色鸢尾花前面，恳求道："娜塔莎，买吧！"当娜杰日达开始从中挑选几枝花卉时，他痛苦地叫道："全或无！"——"但我们没有钱，奥夏。"她提醒道。

我多么想给奥西普·埃米尔耶维奇买下所有的花，但是我也没有钱。

***

我从航空技术学校回来去看曼德尔施塔姆夫妇，一般都是在下午或晚上，他们几乎总是在床上。

娜杰日达·雅科夫列夫娜躺着阅读或写作。她的英

---

[1] 见《沃罗涅日笔记本》第二册《不要比较：活着的人不可比拟》。

语很好,用一个笔名做翻译,可以赚一点零钱。奥西普·埃米尔耶维奇平常总是坐在床背那儿,拿着熄灭了的烟。我的到来让他们兴奋。我告诉他们技术学校里发生的事情,希望奥西普·埃米尔耶维奇能提些建议。

有时我会躺在娜杰日达旁边,我们安静地谈话,以免打扰奥西普·埃米尔耶维奇。有时我们两个人出去散步,但有时我们又不得不马上回来;我认识曼德尔施塔姆夫妇的头几个月,没有了娜杰日达,奥西普·埃米尔耶维奇就无法独自离开房间,但更多时候即使她在场也无济于事。他开始感到窒息,无意识地向衬衫的衣领伸手,想把它撕开,解开扣子。

但过了一会儿,他已能和我同行,而有一次,我在技术学校时,他一个人来了,我简直不敢相信自己的眼睛,他是那么兴高采烈。

**

我们经常散步,尤其是当娜杰日达短途去往莫斯科时。奥西普·埃米尔耶维奇非常想念她,给她写很棒的信。这是其中之一:

娜迪克[1],我的孩子!

这封信将告诉你什么?他们会早上带走它,还是晚上?那么早上好,我的天使,也道声晚安,亲一下想入睡的,疲倦的或洗理好的,洁净的,求实的,热情洋溢赶去办这么多巧妙、聪明、美好的事情的你。我羡慕每一个看到你的人。你是我的莫斯科,罗马和小大卫[2]。我能将你倒背如流,而你永远都是新的,我也总是听见你,喜悦。喂?娜坚卡!……

1937 年 4 月 28 日

有一次,当娜杰日达不在时,她的母亲维拉·雅科夫列夫娜来了。是曼德尔施塔姆在一封信中亲自请求的:

亲爱的维拉·雅科夫列夫娜!

---

[1] "娜迪克"与后文的"娜坚卡""娜佳"等名字均为娜杰日达的昵称。
[2] 出自《圣经》中的大卫挑战并战胜巨人歌利亚的故事。

我有一件要事求您：请来吧，跟我一起生活一些天。请让娜坚卡有机会安静地去处理些急事。这次她将不得不离开很长一段时间。我为什么有这种请求？娜佳离开后，我就开始感到受不了的神经肌肉疾病。归结为以下几点：近年来，我患上了哮喘病。呼吸总是很困难。但是娜佳在场时，它进行得很正常。她一离开，我就开始感到窒息。从主观上讲，这是无法忍受的：终结感。每分钟都拖累人。我一个人一步都走不了，也习惯不了……

生活条件会很好。十分舒适的房间。良好的女主人。没有楼梯。一切都很近。电话在附近。市中心。沃罗涅日的春天是美好的。我们甚至会和您一起出城。

维拉·雅科夫列夫娜是个苗条的小老妇人，非常活泼和机智。看来她像对待大孩子一样对待奥西普·埃米尔耶维奇。他也对她好。当我们有一次在餐厅吃西班牙橘子时，他把其中一个带回去悄悄地放在睡着了的老婆婆的枕头下。

……在五月中旬，我们沿着大街散步，奥西普·埃米尔耶维奇读诗,天空又高又蓝,一切都芬芳扑鼻。我们坐在州党委新建的宏伟建筑的大理石台阶上。我有种难以形容的内心自由的感觉:所有的日常职责,烦恼,悲伤和忧乐都消失了,不存在了。好像我们在意大利了。只有在一个完全陌生而又美丽的城市中,当你与任何人和任何事物都没有联系时,才会有这种感觉。

我把这种感受胆怯地告诉了奥西普·埃米尔耶维奇。令我惊讶的是,他回答说他有同样的感觉。

第二天,他给我读了一首很精彩的诗,但也是他立即弃用的一首诗。他说:"它太自传了。"

***

我们(娜杰日达和我)被奥西普·埃米尔耶维奇的紧张内在生命范围所包围,全部精神都在关注他和他的诗。新作的诗是节日,胜利,喜庆。

这种幸福应该是罕见的——这种成为精神对一切的胜利的见证(不,这个词不正确)。沃罗涅日时期是曼德尔施塔姆在二十世纪俄罗斯诗歌中说的新词,从来没有过这样的东西。

他自己也完全理解这一点,并把这一点直接表示

在给尤里·蒂尼亚诺夫[1]所写的一封信中,顺便说一下,他没有收到答复:

> 亲爱的尤里·尼古拉耶维奇!
>
> 我想见您。怎么办?合法的欲望。
> 请不要认为我是个影子。我还在投下阴影。但最近我变得每个人都可以理解了。真可怕。我已在四分之一世纪的时间里,把琐事和大事混合在一起地涌入了俄罗斯诗歌。但是不久我的诗歌就会与之融合并消融,从而改变其结构和构成。
> 不回答我——很容易。
> 说明不回答的理由——不可能的。
> 您自己看着办吧。
>
> 1937 年 1 月 21 日,沃罗涅日

这封信作为其自我评价来读也很有意思。

---

[1] 尤里·尼古拉耶维奇·蒂尼亚诺夫(Yury Nikolaevich Tynyanov,1894—1943),文艺理论家、评论家、作家,俄国形式主义批评学派的关键人物。

***

尽管被孤立、不自由且对未来一无所知,奥西普·埃米尔耶维奇却过着积极的精神生活,他对一切都感兴趣。我记得他为西班牙内战事件感到多么担心。他甚至开始学西班牙语,并且很快地在某种程度上掌握了它。也许,就在这些事件的影响下,曼德尔施塔姆的一首诗的结尾是:

> 对于如此聪明、不驯服的鸟儿
> 肯定有一个森林萨拉曼卡。[1]

***

在1936年底,我病倒在床上很久。娜杰日达·雅科夫列夫娜和奥西普·埃米尔耶维奇每天都来。曼德尔施塔姆夫妇试图为我解闷,但我感觉到奥西普·埃米尔耶维奇自己的心情也不好。

我们交谈,阅读,有时奥西普·埃米尔耶维奇忧愁地陪我的猫玩,不过这并不容易。猫很凶,很狂野,性格像恶魔一样。它抓人和咬人,甚至也追赶敢于抚摸它

---

[1] 见《沃罗涅日笔记本》第二册《当金翅雀在空气的甜食中》。

的人。它的外表很符合它的性格：全黑，没有杂色，有巨大的翠绿色的眼睛。它总是专注地凝视人。看来它了解一切，如果它能说话我也不会感到惊讶。它身上有些险恶的，巫婆般的，神秘的东西。这只猫使奥西普·埃米尔耶维奇很感兴趣，而有一次，他来到我们家给我读了一首诗：

> 所有的不幸是因为
> 我在我的面前
> 看见了这只猫的放大的眼睛。
> 这迟钝杂种的子嗣，
> 海水的零售商。[1]

试想奥西普·埃米尔耶维奇的心情，我并不认为这首诗是个笑话，它充满了某种沉闷的灾难预兆。

1937年1月，奥西普·埃米尔耶维奇感觉特别焦虑，他窒息了……焦虑也越来越增大：

> 哦，这缓慢的、令人气绝的广阔空间——
> 我真是受够了；
> 地平线也在起伏，喘息。

---

1 见《沃罗涅日笔记本》第二册《猫》。

用绷带给我蒙上眼睛![1]

最后,一切都由一首美妙而可怕的诗解决:

我拿自己怎么办,在这一月里?
打哈欠的小城露了面,还蹲在那里。
在它紧闭的门前我灌醉了自己?
它的每一把锁和门闩都要让我咆哮。[2]

奥西普·埃米尔耶维奇不太担心缺钱的生活,但是在沃罗涅日时的那种与世隔绝的生活,有时让他的活跃的积极的性格无法忍受,他奔来奔去,坐立不安。正是在这种忧郁症的剧烈发作之中,奥西普·埃米尔耶维奇写了这首悲剧诗。

一天早晨,娜杰日达·雅科夫列夫娜和奥西普·埃米尔耶维奇来时,曼德尔施塔姆读了它,我非常震惊。无能为力的感觉有多可怕!就在这里,在你眼前,一个人在窒息,空气都不够呼吸,而你只能跟他在一起,为他感到痛苦,却不敢露出声色。

---

1 见《沃罗涅日笔记本》第二册《哦,这缓慢的、令人气绝的广阔空间》。
2 见《沃罗涅日笔记本》第二册《我拿自己怎么办,在这一月里?》。

***

这些天，我有一次来看曼德尔施塔姆夫妇。我的到来并没有引起通常的兴奋。我不记得是娜杰日达还是奥西普·埃米尔耶维奇在说："我们决定开始绝食。"也许，看到我的绝望，奥西普·埃米尔耶维奇开始读诗。首先是他自己的，然后是但丁的诗。半个小时后，世界上什么都不存在了，除了诗歌的万能协调之力。

只有像奥西普·埃米尔耶维奇那样的巫师才能带人走向另一个世界。既没有流亡，也没有沃罗涅日，既没有低矮的可怜房间，也没有悲惨的个人命运。

奥西普·埃米尔耶维奇读诗是独一无二的，他的声音非常美，低沉而又洪亮，带有令人赞叹的节奏感。他经常以某种不断增强的语调来读。这似乎是无法忍受的：无法忍受这种上升、腾飞，你喘息起来，但是突然间，在最极端的上升之时，声音成为宽广的自由的波浪，到处流注。

很难想象一个能够如此摆脱命运的人。

尽管如此，还是多么好！我很高兴得知不仅我有这种感觉。四十年后，当奥西普·埃米尔耶维奇的《关于但丁的谈话》出版，娜杰日达·雅科夫列夫娜把它签名送给我时，我看到她把1936—1937年的那个冬天称为可怕而幸福的冬天。

1936年2月，阿赫玛托娃来看奥西普·埃米尔耶维奇。

奥西普·埃米尔耶维奇笑着给我讲了她来过的事："安娜·安德烈耶夫娜见怪我没有死。"原来他给她发了一个他要死的电报。尽管她的状况也很不好，她仍然忠实于旧的友谊而来，她不怕来。

而在她来的那时候，他们仍然与作家组织保持着某种联系，有某种工作或者工作的假象——在剧院、广播中心，甚至是在国营农场旅行。

后来，在我与曼德尔施塔姆夫妇的相识期间，这一切都被砍掉了——人际关系、工作。

"我们的平安在1936年秋天从扎东斯克返回时就结束了。广播委员会被撤销，剧院那边停了工作，报纸的工作也没了。一切都一下子崩溃了。"娜杰日达·雅科夫列夫娜写道。

曼德尔施塔姆夫妇被完全孤立了……这种状况，显然是因为当地媒体对诗人的攻击而加剧的。

***

我告诉了奥西普·埃米尔耶维奇我要结婚。第二天，他给我读了一首叫作"娜塔莎"的诗，一首婚诗。事实上，它没有题目。我们随意将其称为"娜塔莎"。

本来有第一版本,我更喜欢它,但是奥西普·埃米尔耶维奇修改了它,"因为它是自传的"。

奥西普·埃米尔耶维奇要求我和他一起去见见鲍里斯。不知为何,鲍里斯拖延了这个会面,尽管他非常喜欢诗歌,也是帕斯捷尔纳克的热心崇拜者。最后,我答应奥西普·埃米尔耶维奇晚上和鲍里斯一起来。鲍里斯固执起来,他要去电影院。争执过后,我们妥协地决定了这个问题:看电影后去曼德尔施塔姆的家。我们走近奥西普·埃米尔耶维奇房间的窗户时,已过了十点。灯熄了,他站在敞开的窗户旁边,等着我们。我叫了他,他立即下来了。"那就是你!"他说,并仔细地看鲍里斯。我们走到大街上,也不知为何,男人们决定喝红酒(他们两个都没有这个酒瘾),并开始带我逛藏酒室。大街上有很多这样的地方。但我们一进去,我马上就出来了:没有椅子,不舒服,昏暗。然后他们带我去一个有桌子和椅子的地窖。那是某种地狱。烟草的烟雾使它漆黑,令人憋气,以及在这雾中醉酒的种种面孔。最终,咱们决定去沃罗涅日最好的餐厅"布里斯托尔"。没有单间,在公共大厅里,小屋用黄色的丝绸布单隔开。我们选了其中一个。产生了只有我们三个人的幻觉。我们吃了西班牙橘子。奥西普·埃米尔耶维奇读了很多诗,很热烈。他告诉鲍里斯,他羡慕帕斯捷尔纳克有他这样的崇拜者。我们带着奥西普·埃米尔耶维奇回家。我走在前面，他们在后面，热情地谈着某些事情。我回想起这个时间，是为了讲述"跛行在空荡的大地上……"这首诗[1]是怎么产生的。但这之前还有另一次对话。

在我们逛小酒吧之前不久，我有事去拜访我的朋友和同事图夏（Tusya），奥西普·埃米尔耶维奇跟我一起去了。在回来的路上，他问我："图夏一只眼睛看不见吗？"

我回答说不知道，我从来没有和她谈过这个话题，显然是看不见的。"是，"奥西普·埃米尔耶维奇说，"身体残疾的人不喜欢谈论它。"我反对说我没有注意到这一点，并轻松地谈论自己的跛行。"你说什么？你的步态很棒，否则我无法想象你！"——奥西普·埃米尔耶维奇热烈地说道。

夜游的第二天，我从技术学校去看曼德尔施塔姆。娜杰日达在莫斯科。

奥西普·埃米尔耶维奇如通常那样坐在床上，像土耳其人那样盘起上腿，肘部撑着床背。我坐在沙发上。他看起来很认真，专注。"我昨天写诗了。"他说，并读给我听。我保持沉默。"这是什么？"我不太明白，因此继续保持沉默。"这是爱情诗，"他为我回答，"这是我写过的最好的东西。"他递给我一张纸。

---

[1] 见《沃罗涅日笔记本》第三册《给娜塔雅·施坦碧尔》。

这两首诗是用墨水写在巴拉丁斯基诗集的护封上的。奥西普·埃米尔耶维奇继续说："娜塔莎知道我写了这些诗，但我不会读给她听。我死后，把它们寄给普希金故居纪念馆作为遗言吧。"稍微停顿后，他接着说，"吻我吧。"我走到他面前，以唇轻触他的额头——他像雕像一样坐着。这都显得非常悲痛。他说死亡，而我要生存吗？！这些真的是告别诗吗？第二天，我们去了彼得罗夫斯基广场。奥西普·埃米尔耶维奇却显得很快活，我说在昨天的诗中有一个字没看清。他立即凭记忆将它们用铅笔清晰地写在学生作业本的其中一页上。[1]

---

[1] 当我在1975年3月到莫斯科并给娜杰日达读这份手稿时，她说："娜塔莎，关于你的诗还没有说完，不完全的，这些不是告别诗。奥夏对你寄予过很大的期望。"她重复了那两行："她们命定要护送死者，并最先 / 向那些复活者行职业礼。"

娜杰日达·雅科夫列夫娜在回忆录中写道："献给娜塔雅·施坦碧尔的优美诗篇在曼德尔施塔姆的所有爱情诗歌中脱颖而出。爱情总是与死亡的念头联在一起，但给娜塔雅的诗中蕴含着对未来生活的崇高和明朗的感觉。他要求娜塔雅为作为死者的他哀悼，并向复活者的他致敬。"

在5月6日的同一天，根据1937年5月7日诗人写给妻子的信，诗人去了娜塔雅·叶夫根涅夫娜·施坦尔的家："这几天，我几乎很容易地独自一人出来，以我孤独的身影震惊了沃罗涅日居民。昨天我甚至摇晃着到了娜塔莎的家。只是在3号电车上，我才有点害怕。她现在每天工作10个小时，几乎不来。"娜塔雅·叶夫根涅夫娜告诉了V. N.吉多夫（1986年6月），离开沃罗涅日之前不久，写了遗言之诗后，奥西普·埃米尔耶维奇来了她的家，并在她送他去电车站的路上，他说他爱她。"你和我将生活在任何你想要去的地方，在莫斯科，在南方……"娜塔雅·叶夫根涅夫娜哭着说："真遗憾，一切都那么好，可是现在一切都完了……"他开始安慰她，说些琐碎的话，就像他连她的一滴眼泪都不值，他保证一切都会像以前一样之类。"事件发生后，奥西普·埃米尔耶维奇的表现不知怎么的让我忘记了这一切。我从来没有记得过这件事，也似乎没有告诉过任何人。"

娜杰日达·雅科夫列夫娜从莫斯科回来后,给我读了另一首诗:"梨花和樱桃花对准了我……"[1],并笑着说:"这是关于你和我,娜塔莎。"

我没有实现诗人的遗愿。战争结束后,娜杰日达·雅科夫列夫娜来到沃罗涅日见我时,我把这些诗的两个版本都给了她。我给了她我所有的东西:诗笔记本,散页和绘图纸条上写的诗,信封上的讽刺短诗,照片,奥西普·埃米尔耶维奇编辑的1928年诗集,但最重要的是——所有奥西普·埃米尔耶维奇写给娜杰日达·雅科夫列夫娜的信的原稿。她是在奥西普·埃米尔耶维奇死后把它们交给我保管的,当我们在莫斯科见面时。这些信件放在铁制的茶柜里。在同一次会面时,娜杰日达·雅科夫列夫娜送给我奥西普·埃米尔耶维奇所热爱的克莱斯特诗集的旧版书。娜杰日达亲手写道:"来自奥西普·曼德尔施塔姆的图书馆。"这本书在德国占领沃罗涅日期间消失了。

***

我非常爱慕曼德尔施塔姆夫妇。对我而言,娜杰日达·雅科夫列夫娜和奥西普·埃米尔耶维奇完全密不

---

[1] 见《沃罗涅日笔记本》第三册《梨花和樱桃花对准了我》。

可分。我无法单独想象他们,也不知道更爱哪位……

我一直认为,没有了她,奥西普·埃米尔耶维奇就不会存在。所以,当我想到他被迫放下她、被迫流放到中转营地,到他所消失的地方,我就感到恐怖。

***

当发生诗歌创作的圣礼时,我也经常在场。奥西普·埃米尔耶维奇一般以自己独特的姿势坐在床上含糊不清地喃喃自语,直到这种喃喃自语变成清晰的话语。他平常不写下他的诗,也不记下来。他自己描述得最准确:"我没有手稿,没有笔记本,也没有档案。我没有笔迹,因为我从来不写。我是俄罗斯唯一用声音工作的人。"是的,的确,他用听觉创作诗,他"从声音中"创作,然后让娜杰日达·雅科夫列夫娜听写下它们。奥西普·埃米尔耶维奇说:"娜塔莎听写下的诗可以被称为手稿。"仔细阅读被听写下的诗(不知为何,他总是站着,俯身在桌子上)后,他把字母"V"(沃罗涅日)和日期加了上去。曼德尔施塔姆对日期非常看重,但是对标点符号完全漠不关心,而听写下来的人就自行决定……离开沃罗涅日之前不久,奥西普·埃米尔耶维奇让娜杰日达把所有的诗抄写给我。原来是三个厚的蓝色笔记本。在第一本中,用印刷体写着"娜塔雅之书"。

奥西普·埃米尔耶维奇把它们送给我，并在每首诗下面加上了日期和字母"V"。当他递给我这个珍宝时，他什么也没有说。我不知道他在想什么。那时我什么都不想，只是感到幸福。我多么习惯于他的诗，他要离开了，如果没有它们，我很难活下去，毕竟没有人拥有它们，几乎也没有人知道。

他还给了我他的沃罗涅日照片。在离开的前夕，应他的要求，我们花五分钟去市场拍了照片。不出所料，拍出来的照片很糟糕。令我感到非常遗憾的是，奥西普·埃米尔耶维奇拒绝去拍张好照片，他说他不想使我为难。为难？他为什么恰恰是现在有这个想法？毕竟我们几乎每天都见面，而现在，当他被释放时，他有了这个顾虑。这种"自由"感是多么脆弱！

还有另一件礼物——一只瓷猴，奥西普·埃米尔耶维奇在背后写着："奥夏，娜塔莎"。当离开将要被德国人占领的沃罗涅日时，我忘记了带上这只瓷猴。因为我们在最后一刻不得不留下一切，轻装离开。如果我想起了，我肯定会带上它，就像我带上的诗、散页、书、照片和信件一样。我知道我必须不惜一切代价保存这一切。

无论在货车上，在车站里，还是在村子里，我一直都不放下那个小包；简而言之，它在我所有的磨难中都跟我在一起。

为了保证能保存住奥西普·埃米尔耶维奇所写下的一切,娜杰日达·雅科夫列夫娜甚至在认识我之前就已开始背诵他的诗。

***

我经常想,沃罗涅日是多么幸运。现在,在二十世纪,与这个城市、这片土地永远联系在一起的是奥西普·曼德尔施塔姆的名字。在这里,诗人获得了新的力量:

> 放开我,还给我,沃罗涅日;
> 你将滴下我或失去我,
> 你将使我跌落,或归还给我。
> 沃罗涅日,你这怪念头,沃罗涅日——
> 　乌鸦和刀。[1]

这座城市没有为诗人成为"乌鸦"或者"刀",它还给了他。为了新的痛苦和死亡而还给了他。

也许,在这里奥西普·曼德尔施塔姆第一次感受到了土地所拥有的生命之力,并向这片土地致意:

1　见《沃罗涅日笔记本》第一册《沃罗涅日》。

> 好吧，黑色大地：坚强些，警觉些，
> 让你丰饶的黑色沉默开始工作。[1]

多亏了沃罗涅日（诗集）笔记本，奥西普·埃米尔耶维奇在这个古老的俄罗斯城市永久注册。诗人的妻子写道："沃罗涅日是个奇迹，而把我们带到那里也是奇迹。"

我觉得时间会到来，沃罗涅日将会真正出现曼德尔施塔姆大街。[2] 遗憾的是，我们习惯了尊敬死者，也只是在几十年之后。

沃罗涅日
1974—1975，1983，1986—1987

（蔡素非 译，王家新 校）

---

[1] 见《沃罗涅日笔记本》第一册《黑色大地》。
[2] 参见《沃罗涅日笔记本》第一册《这是一条什么街?》。

曼德尔施塔姆诗歌译后记[1]

[德]保罗·策兰

奥西普·曼德尔施塔姆生于1891年,与他同时代、同命运的诗人有尼古拉·古米廖夫、维利米尔·赫列布尼科夫、弗拉基米尔·马雅可夫斯基、谢尔盖·叶赛宁、玛琳娜·茨维塔耶娃,这些诗人,用罗曼·雅各布森[2]的语言来讲,他们属于被他们的时代所"废掉"(wasted)的人——而这个词的意蕴我们还没有开始去探测。曼德尔施塔姆,达到了他的同时代人无可比拟的程度,他写诗进入一个我们通过语言都可以接近并感知的地方,在那里,围绕一个提供形式和真实的中心,围绕着个人的存在,以其永久的心跳向他自己的和世界的时日发出挑战。这显示了从被废弃的一代的废墟中升起的曼德尔施塔姆的诗歌,与我们的今天是多么相关。

---

1 本文为保罗·策兰(Paul Celan,1920—1970)翻译的德语版曼德尔施塔姆选译后记。
2 罗曼·雅各布森(Roman Jakobson,1896—1982),俄国语言学家、诗学家,莫斯科语言小组的领袖。1918年后移居到布拉格,第二次世界大战期间定居美国,先后任教于哥伦比亚大学和哈佛大学。

在俄国，他们的祖国和起源地，曼德尔施塔姆的诗集《石头》（1913）、《哀歌》（1922）和《诗选》（1928，这一卷包含了他十月革命后所写的诗篇），仍然沉默着，等于不存在，至多被顺便提及。新编选的曼德尔施塔姆诗歌，以及他的重要的故事和散文，于1955年由纽约的契诃夫出版社推出，并由葛列伯·斯特鲁韦和鲍里斯·菲利波夫-菲利斯汀斯基撰写了导言。

这些诗歌最深刻的标志，是其深奥和它们与时间达成的悲剧性协议，而这也标志着诗人自己的人生之路：二十世纪三十年代，在斯大林的"大清洗"运动中，他被驱逐到了西伯利亚。他是否是死在那里不得而知，或者如《泰晤士文学增刊》宣称的那样，他后来回到了俄国被希特勒军队占领的地区，与那里的犹太人承受着同样的命运，在这个问题上，谁也无法回答。

曼德尔施塔姆写作的知识背景，它的俄语、犹太语、希腊语和拉丁语的遗产，它的宗教和哲学思想，在很大程度上仍是未知。（关于他，人们通常把他视为"阿克梅派"的一员，但这显示出来的不过是他所有非凡的工作中的一个侧面。）

这本德语诗选，是第一个容量较大的以书籍形式出现的译本[1]；这些诗中只有少许的诗被译成意大利语、法语和英语出版。在所有的一切机遇中我想给出诗歌最需要的：使它存在。

1959 年 5 月 9 日

（王家新 译）

---

[1] 此译本收有曼德尔施塔姆早中期三部诗集《石头》《哀歌》《诗选》中的 40 首诗作，包括《失眠。荷马。绷紧的帆》《这个夜晚不可赎回》《哀歌》《我们将重逢于彼得堡》《世纪》《无论谁发现马蹄铁》《石板颂》《1924 年 1 月 1 日》等重要作品。

辨认曼德尔施塔姆
——《沃罗涅日诗集》译者前言及后记[1]

[英] 理查德·麦凯恩

《沃罗涅日诗集》译者前言

我从六十年代起开始尝试翻译曼德尔施塔姆,那时还在牛津读本科。这一翻译活动后来断断续续贯穿到整个七十年代。虽然我喜爱读俄文版曼德尔施塔姆的后期诗歌,但是我自己译出的那些东西作为英文诗却不太如意。后来我和普林斯顿的伊丽莎白·麦凯恩合作,一起完成了《莫斯科笔记本》的初译,至此翻译中的一些问题才得以解决。即便就俄文原文而言,后期的曼德尔施塔姆也是晦涩难懂的。他口授成诗,与伏案执笔写作大为不同,这使他的诗歌富有独特的音质和声韵,从口语体到挽歌体都是如此。曼德尔施塔姆的诗不仅押韵,其词根和发音也激起人们对别的词根和发音的联想。在他的俄文原诗中,形式与内容已经结合成了不可分割的

---

[1] 本文译自《莫斯科与沃罗涅日笔记本》。

整体，所以试图将如此富有意味的诗歌译成英文，对我们的阐释能力是一个极大的考验。

《莫斯科笔记本》于1991年由布拉德克斯图书公司出版。而《沃罗涅日笔记本》，不论在我们还是在出版者看来，都是前者的自然承续。如果说二者存在区别，便是《沃罗涅日笔记本》更复杂和难懂了许多。

直至苏联实施开放政策，曼德尔施塔姆的诗歌才得以全部出版，他的遗孀娜杰日达·曼德尔施塔姆的回忆录《一线希望》(*Hope against Hope*)和《被弃的希望》(*Hope Abandoned*)的俄文版也于同时期面世。相比于在西方迅速发行的马克斯·海沃德（Max Hayward）的英译本，其出版晚了十五年之久。这些书的英文名字出自娜杰日达·曼德尔施塔姆自己的名字（"Nadezhda"即含有"希望"之意）。《一线希望》在时间上涵盖了曼德尔施塔姆在沃罗涅日流放的整个时期，可以作为《沃罗涅日笔记本》的阅读指南。

到了1991年，即曼德尔施塔姆诞辰100周年，一系列富有深度的研究论文涌现出来，曼德尔施塔姆学会成立，并在位于伦敦的斯拉夫和东欧研究学院举办了一次国际学术会议，会议论文已于近期出版。1994年，又一次曼德尔施塔姆学术会议在沃罗涅日举办。

1933年11月，曼德尔施塔姆写下了《我们活着，却无法感到脚下的土地》。这首诗，以及他向十几个人朗读该诗的行为，注定了他必死的结局。……这只是个时间的问题。

维克托·克里武林[1]在他的导言中指出，对曼德尔施塔姆而言，沃罗涅日是个缓和的选择。当然如此。但在流放的大部分时间里，曼德尔施塔姆夫妇其实已濒于乞讨的地步。此外，曼德尔施塔姆还严重缺乏读者，年轻的学校教员娜塔雅·施坦碧尔是唯一的例外，他与她谈论诗歌，她的存在闪烁着光芒。有一次，他甚至在电话里向他的NKVD（克格勃前身）审查官朗诵新作。他大约从未在卢比扬卡的审判中恢复过来。流放途中，娜杰日达·曼德尔施塔姆获准陪同。他们先去了乌拉尔的切尔登，然后在一个月内回到莫斯科，继而去了莫斯科东南约三百英里远的沃罗涅日。这是曼德尔施塔姆在"十二体系"——俄国十二座主要城市——之外为自己选择的流放路线。他的诗歌，对他在精神上极为苛求。娜杰日达每次离开，去莫斯科或者别的什么地方——通常是为了寻求翻译工作，但往往都是失败——他总会觉得体力不支，呼吸困难。他曾有两次试图自杀：一次是在卢比扬卡，他先把剃须刀藏在了靴子里，用剃须刀刀刃割了手腕；一次是在切尔登，他感到将被秘密警察处决，便从那座老医院第二层楼的高窗上跳了下去。因此

---

[1] 理查德·麦凯恩所译的《莫斯科与沃罗涅日笔记本》导言由维克托·克里武林撰写。

可以说，《沃罗涅日笔记本》是个奇迹，比它所呈现的样子更为神奇，用安娜·阿赫玛托娃的话来说，它是曼德尔施塔姆进入不朽之列的通行证[1]。1936年2月5日至11日，阿赫玛托娃来到沃罗涅日看望曼德尔施塔姆夫妇，并写下了这样一首诗：

沃罗涅日
——给奥·曼

整个城镇结了冰，
树木，墙壁，雪，仿佛都隔着一层玻璃。
我冒失地走在水晶上，
远处有轻快的彩饰雪橇滑过。
越过沃罗涅日的彼得大帝雕像，乌鸦掠起，
杨树，圆屋顶，一抹绿色，
隐入在迷蒙的阳光中。
在这片胜利的土地上，库里科沃大战的风
仍从陡峭的斜坡上吹来。
而杨树，像杯子似的碰撞在一起，
一阵猛烈的喧哗声，在我们头顶，

---

[1] 见阿赫玛托娃晚年所写的致曼德尔施塔姆的诗句："我们的影子舰队迎风破浪，/它们越过涅瓦，越过涅瓦——/而激溅的河水拍击在城市台阶上，/那就是你通向永恒的通行证。"

仿佛成千的客人在婚宴上

为我们的欢乐干杯。

但是，在流放诗人的房间里，

恐惧与缪斯轮流值守，

而夜在进行，

它不知何为黎明。

"恐惧与缪斯轮流值守"，多么耐人寻味地描述了曼德尔施塔姆在沃罗涅日的处境。在《回忆曼德尔施塔姆》中，阿赫玛托娃写道："正是在沃罗涅日，在他失去自由的那些日子，从曼德尔施塔姆的诗中却透出了空间、广度和一种更深沉的呼吸。"

1937年5月4日，在沃罗涅日，曼德尔施塔姆写下了给娜塔雅·施坦碧尔的最后一首诗。5月16日，他结束了在沃罗涅日的三年流放，和妻子返回莫斯科。6月初，他们被取消在莫斯科的居住权，来到位于伏尔加河上的萨维洛沃。在那儿，曼德尔施塔姆也写过几首诗，其中有的保存了下来。那年夏天他们常去莫斯科，秋天还在列宁格勒待了两周，看望阿赫玛托娃，从老朋友们那里筹些钱款。随后，他们移居加里宁，于1937年11月17日到1938年3月10日间生活在那里。1938年2月，他们最后一次访问列宁格勒，发现更多朋友被捕，或不敢相见。3月，文学基金会安排他们在位于莫斯科和穆罗姆之间的萨玛提卡疗养院待了一段时间。5月3日，曼德尔施塔姆再次被捕，一辆货车带走了他。克格勃档案的研究专家、能力惊人的维泰利·什泰林斯基（Vitaly Shentalinsky）将1934至1938年间曼德尔施塔姆的审讯情况整理在一起（见《诗人曼德尔施塔姆案件》，理查德·麦凯恩译，及《克格勃文学卷宗》中收录的"审查制度索引"，约翰·卡洛斯福特缩写并翻译）。曼德尔施塔姆被判在劳改营服刑五年。维泰利·什泰林斯基对曼德尔施塔姆去世日期的结论与娜杰日达·曼德尔施塔姆的推断一致：1938年12月27日，在去符拉迪沃斯托克的路上，因心脏衰竭，死于中转营。据狱友梅尔库洛夫（Merkulov）回忆，他的最后一首诗写于1938年：

> 黑色的夜，幽闭恐怖的兵营，
> 鼓胀的虱子。

关于在曼德尔施塔姆身上体现的殉道狂热，娜杰日达·曼德尔施塔姆曾这样说道："如果不是被迫进入一条'不同的通道'，曼德尔施塔姆会变成什么样呢？和我及阿赫玛托娃相比，他更坚强，也就可能接受任何一条通道，但是苦难不曾成就他的丰富，却只是将他摧毁。他被他们用任何一种可能的手段猎获、窒息，集中营时期只是他这么多年来注定要承受的苦难在逻辑上的顶点。事实上，他成年之前就被折断——他是一个晚熟的人——他仍处在走向成熟的过程中。他的声音打动我们，并非因为他的被捕获，或者被压抑……想想他被赋予的无限能量，他根本不需要监狱、流放以及集中营作为他的自传的关键词"（《被弃的希望》，第27章）。在同一章的稍后部分，娜杰日达说道：将曼德尔施塔姆与他周围的人区别开来的，"不是不承担责任，而是无限快乐的感觉"。

曼德尔施塔姆写给娜杰日达的信〔已被译成英文，译者康斯坦斯·林克（Constance Link），收在《奥西普·曼德尔施塔姆：散文书信集》中〕，表明了他对娜杰日达的至爱柔情。他们在沃罗涅日共度的三年，存活在曼德尔施塔姆的诗歌里。曼德尔施塔姆远非只是一个受害者，或致命顽疾的幸存者。在沃罗涅日，处于穷乡僻壤的孤绝之境，他调动非凡的专注力，超越了自身处境，从而进入诗歌生涯中最多产的时期。诚然，他感受到了喜悦，但更预感到悲剧的来临。在《沃罗涅日笔记本》的最后一首诗中，这本诗集的遣怀之功达到了极致：

> 那曾跨出的一步，我们再也不能跨出。
> 花朵永恒，天空完整。
> 前面什么也没有，除了一句承诺。

后记：辨认曼德尔施塔姆

能够让读者——当然，还有译者——终生阅读并受到激励的诗人并不多。在人生命的不同时期，重要的诗歌彼此共鸣：就如同曼德尔施塔姆在早期的诗作《哀歌》中说的，对于生命和诗歌而言，"辨认"或"去辨认"是非常重要的，而且与记忆很有关系。翻译使诗人在另一种语言中获得辨认。这必然会包含着反复地阅读。我重读了曼德尔施塔姆——他是我所认同的一位老朋友，来自俄国，也属于英国。如果这本书让某位读者动了学俄语的念头，我会非常高兴，因为俄语诗歌的音乐性很难在英语中再现。俄语有丰富的韵脚，所以在"形式翻译"方面，将英语或其他语言的诗歌译成俄语倒是会有很成功的例子（尽管现代英语诗歌在俄语里还存在着许多需要填补的空白）。

十年前我和伊丽莎白一起愉快地翻译曼德尔施塔姆的时候，我们关注的焦点在内容的传达和意象节奏（the rhythm of the images）的转译上，并没有试图去复制原文的押韵、节奏和格律形式（这两点深刻地影响了我自己的诗歌创作）。尽管在诸如"uchitel/muchitel"（"导师/折磨者"）之类的押韵双关上，我非常感激我的俄文老师理查德·波洛克，但押韵的词语无法直接翻译。

如果在这些英译里,曼德尔施塔姆的韵脚和格律在数量和质量上都变得无法辨识的话,我们仍然希望每首诗中那特有的分量被保留下来;也希望这两本书能一起展现曼德尔施塔姆后期诗作的构造体系。这次再版,我们还做了少许重要的修订。

我感觉直到(苏联)实行开放政策——那时曼德尔施塔姆在俄国的读者群暴涨,印数总计超过了一百万册——人们一直倾向于将注意力集中在曼德尔施塔姆的后期诗歌上,将他视为遭受恐怖迫害的诗人。但是对这些诗歌的阅读,会对这个神话的排他性构成挑战。经过了四五十年的"禁止出版"或"部分出版",时代的变迁终于将曼德尔施塔姆交还给了他的同胞。相比于其他了无生趣的事物,他的诗歌更是欢呼着的行动,在苏联日常生活的色调之下,揭示了生活里以及世界诗歌中的勃勃生机。正如他在散文中所说,它们是"偷来的空气"。如果使用现代术语,他在本质上是一个反恐怖主义的诗人:这就是为什么他在诗中与斯大林交涉,那不同于他自己的另一极端。这是他对历史,也是对哲学提出的挑战,但在他的诗歌中只占其中一部分。

带着深深的悲痛,我还要说:我们的朋友,诗人维克托·克里武林于2001年3月逝世,享年56岁。他给《沃罗涅日诗集》英译本所作的导言我们未做任何改动,全文再版。他没有将曼德尔施塔姆置于名誉的宝座上,而是将他置于他的时代,以及超越于他的时代的语境中。在列宁去世的1924年,曼德尔施塔姆不无挑战地写道:"不,我不是任何人的同时代人。"这样说的时候,他已经超越了惊骇和恐惧,就如同他在《斯大林颂》中写下的这四行诗句:

> 人头的一个个土垛已远远消隐,
> 我被缩小在这儿,不再被注意,
> 但是在爱意的书里,在孩子们的游戏中,
> 我将从死者中爬起并说:看,太阳!

伦敦,2003

(王家新译)

图书在版编目（CIP）数据

永存我的话语：曼德尔施塔姆沃罗涅日诗集／
（俄罗斯）奥西普·曼德尔施塔姆著；王家新译.--北
京：北京联合出版公司, 2024.4
 ISBN 978-7-5596-7387-9

Ⅰ.①永… Ⅱ.①奥… ②王… Ⅲ.①诗集—俄罗斯
—现代 Ⅳ.① I512.25

中国国家版本馆CIP数据核字(2024)第037347号

永存我的话语:曼德尔施塔姆沃罗涅日诗集

作　　者：	[俄罗斯] 奥西普·曼德尔施塔姆
译　　者：	王家新
出 品 人：	赵红仕
策划机构：	雅众文化
策 划 人：	方雨辰
特约编辑：	廖　珂
责任编辑：	龚　将
装帧设计：	方　为

北京联合出版公司出版
（北京市西城区德外大街83号楼9层　　100088）
北京联合天畅文化传播公司发行
山东临沂新华印刷物流集团有限责任公司印刷　　新华书店经销
字数126千字　　1092毫米×860毫米　　1/32　　9印张
2024年4月第1版　　2024年4月第1次印刷
ISBN 978-7-5596-7387-9
定价：68.00元

版权所有，侵权必究
未经书面许可，不得以任何方式转载、复制、翻印本书部分或全部内容。
本书若有质量问题，请与本公司图书销售中心联系调换。电话：64258472-800